山东文化体验廊道故事丛书·下编

日照
历史文化故事

RIZHAO LISHI
WENHUA GUSHI

总编纂　王志民
主　编　刘红军

山东文艺出版社

图书在版编目（CIP）数据

日照历史文化故事 / 刘红军主编. — 济南：山东文艺出版社，2023.9
（山东文化体验廊道故事丛书）
ISBN 978-7-5329-6982-1

Ⅰ.①日… Ⅱ.①刘… Ⅲ.①历史故事—作品集—中国 Ⅳ.①I247.81

中国国家版本馆CIP数据核字（2023）第153083号

日照历史文化故事
RIZHAO LISHI WENHUA GUSHI

总编纂　王志民　　主编　刘红军

主管单位	山东出版传媒股份有限公司
出版发行	山东文艺出版社
社　　址	山东省济南市英雄山路189号
邮　　编	250002
网　　址	www.sdwypress.com

读者服务	0531-82098776（总编室）
	0531-82098775（市场营销部）
电子邮箱	sdwy@sdpress.com.cn

印　　刷	山东临沂新华印刷物流集团有限责任公司
开　　本	880毫米×1230毫米　1/32
印　　张	7.75
字　　数	163千
版　　次	2023年9月第1版
印　　次	2023年9月第1次印刷
书　　号	ISBN 978-7-5329-6982-1
定　　价	59.00元

前　言

党的二十大报告明确提出："坚守中华文化立场，提炼展示中华文明的精神标识和文化精髓，加快构建中国话语和中国叙事体系，讲好中国故事、传播好中国声音，展现可信、可爱、可敬的中国形象。"习近平总书记在文化传承发展座谈会上深刻指出，要在新起点上继续推动文化繁荣、建设文化强国、建设中华民族现代文明。编纂出版《山东文化体验廊道故事丛书》（以下简称《丛书》）是深入学习贯彻党的二十大精神和习近平总书记重要指示精神，贯彻落实山东省委、省政府关于打造文化"两创"新标杆部署要求的重要举措，是立足山东文化资源优势，以沿黄河、沿大运河、沿齐长城、沿黄渤海和沿胶济铁路等文化体验廊道为轴线，以各市文化体验廊道建设为着力点，撷取历史文化精华的大型普及性学术工程，是在新的历史起点上讲好山东故事、坚定文化自信、推动文化繁荣、促进文旅结合的重点文化项目。

山东，古称"齐鲁之邦"，是中华文明最重要的发源地之一。奔流的黄河由山东入海，齐鲁大地是黄河文明的核心区域之一。巍峨屹立的泰山，自古以来就是历代帝王封禅之地，是中国东方上层文化的活动中心，1987 年被联合国教科文组织列为中国第一个世界文化、自然双重遗产。黄渤海环绕的山东半岛是全国最大的半岛，漫长海岸线形成了丰厚的海洋文化资源，一直是中国北方海上丝绸之路的重要门户。山东又是伟大思想家、教育家孔子和孟子的故乡，是儒家文化的发源地，是中国人乃至全球华人、华裔心中的"圣地"。在被称为中华文明"轴心时代"的春秋战国时期，齐鲁是中华文明的"重心"所在：诸子百家，多出齐鲁；儒墨显学，独领风骚。齐国故都临淄，是当时最大的工商业都城，被国际足联命名为"足球起源地"；这里诞生了中国历史上最早的大学堂——稷下学宫，是诸子百家争鸣的学术文化中心；齐长城西起济水，东到大海，蜿蜒于泰沂山脉，全长一千余里，是现存最早的有准确遗迹可考、保存状况较好的古代长城；被列为世界文化遗产名录的京杭大运河，纵贯山东南北，极大影响了元明清以来山东地区的经济文化发展，鲁西沿岸城市带的崛起，成为中国南北文化交流融合的运河明珠，见证了山东地区社会文化的隆替嬗变。近代以来，随着烟台、青岛等沿海城市的崛起和胶济铁路的修筑，山东成为中西文化交流、冲突、碰撞、融合的核心地区之一，收回青岛主权成为"五四"爱国运动的导火索。革命战争年代，山东党政军民用生命和鲜血凝聚而成的"党群同心、军民情深、水乳交融、生死与共"的"沂蒙精神"，是齐鲁优秀文化、伟大建党精神与中国共产党领导的人民革命英雄主义精神的集中体现，是对山东境内沂蒙、胶东、渤海、鲁西（冀鲁豫边区）

等抗日革命根据地红色文化、革命精神的集中凝练和概括，与延安精神、井冈山精神、西柏坡精神等一起成为中国共产党人精神谱系的重要组成部分。齐鲁文化在中华文明发展中的特殊地位，山东地区源远流长、丰富厚重的文化资源，坚定文化自信和自觉的历史责任担当是我们举全省之力编纂《丛书》的内在动力。

《丛书》以国家文化公园建设为引领，以落实文化"两创"、推动"两个结合"为宗旨，以推动全省及各市文化建设为目标，是具有权威性、故事性、可读性、趣味性的历史故事集成，是一套可携带、可利用、可转化的文化读本。《丛书》分为上、下两编，上编16本，围绕"四廊一线"文化体验廊道、八大文化传承发展片区展开。"四廊一线"构筑的沿黄河、沿大运河、沿齐长城、沿黄渤海、沿胶济铁路的文化交通线纵横交错，相互联系又各具特色，其特点是以脍炙人口的故事形式联通"四廊一线"的人物事迹、重点景区、遗址遗迹等，厚植文化体验廊道的思想内涵和文化底蕴。八大文化传承发展片区，既涵盖了沂蒙、渤海、鲁西、胶东四大红色文化片区，又吸收了泰山文化、儒学文化、齐文化作为重要支撑，演奏出山东历史文化、革命文化、社会主义先进文化的时代交响。下编16本，紧紧围绕各地市优势和特色展开，主要记述本地区历史故事、文化遗址与人文景观、非物质文化遗产等内容，是推动文化廊道落地、推进片区文化建设、增强文化认同、深化文旅体验的重要载体。

《丛书》由山东省委常委、宣传部部长白玉刚统筹谋划和指导，省委宣传部专门组建学术编纂委员会负责具体实施，省直各有关部门和各市委宣传部给予大力支持配合，省内相关高校、研究机构和各市有关单位共 100 余位专家学者积极参与，历经酝酿策划、启动实施、提纲设计、样稿研讨、通稿审稿、编辑出版等六个阶段。2022 年以来，省委、省政府先后印发《关于打造中华优秀传统文化"两创"新标杆行动计划（2022—2025 年）》《关于建设文化体验廊道推动文旅融合高质量发展的实施计划（2023—2025 年）》，全方位挖掘展现山东人文沃土可以深度耕作的比较优势，为《丛书》编纂做好了思想、学术和组织准备。具体编纂过程中，省委宣传部专门印发《关于做好〈丛书〉编纂工作的指导意见》，统一思想认识，作出全面部署。编委会以线上线下形式，多次召开全体会议和分组专题会议，狠抓三个重要工作节点：**一是审定编撰提纲。** 通过反复研讨、交流、修改、会审等形式逐一审定编写提纲，最大程度保证全书质量。**二是树立样稿典型。** 集中力量撰写、反复研讨修改，确定分类样稿，做好典型导引。**三是全力做好通稿统审。** 采用主编初审、各卷主编交流互审、学术专家主审、首席专家终审等层层把关、集中审查、反复修改的方式提高稿件质量。

回顾《丛书》编纂工作，始终注意把握好以下四个方面：**一是坚定文化自信。** 通过挖掘历史资料、开发历史资源、恢复历史场景等形式，获取文化营养，坚定文化自信。**二是助推文化自觉。** 通过传承弘扬优秀传统文化、红色文化、社会主义先进文化，深入挖掘历史先贤和革命先烈的伟大事迹，推动文化自觉，与培育践行社会主义核心价值观有机结合。**三是落实文**

化"两创"。精选真实历史故事，注重挖掘故事背后的文化内涵，推动齐鲁优秀传统文化在新时代创造性转化和创新性发展，推进文化自信自强。**四是服务文旅融合。**借助故事、景观、遗址、非遗讲解词、短视频等融媒体形式，让广大读者在区域文化旅游、廊道文化体验中感受中华文化的博大精深，增强民族自豪感和自信心。

在内容撰写上注重四个结合：**一是与廊道体验相结合。**突出廊道建设概念，以故事为纬线，以时代发展为轴线，通过富有魅力的故事讲述，展示历史人物、景观、史实，引领读者体验传统文化的恢宏气势和博大精深。**二是与景观建设相结合。**以真实动人的故事为景观建设提供重要的历史资源和文化依据，通过一个个精品景观建设展示历史故事的丰富内涵和当代价值。**三是与文物保护相结合。**通过讲述历史故事，让广大读者进一步了解相关文物、遗址的历史文化价值，提升文物保护意识，推动群众性文物保护工作再上新台阶。**四是与媒体利用相结合。**立足于故事转化，使故事成为各类媒体传播的重要基础、蓝本和素材，成为廊道文化、片区文化讲解、传播的重要学术依据和资料来源。

《丛书》的编纂出版，是普及、传播优秀传统文化，推动文化"两创"的新尝试。衷心希望广大读者通过阅读本书，吸收丰富文化营养，多提宝贵修改意见。

编者

2023 年 8 月

导　语

　　日照市位于我国沿海主轴线中段，山东半岛南翼，环黄渤海经济圈、环太平洋经济圈和新亚欧大陆桥经济带结合部，东临黄海，西接临沂市，南与江苏省连云港市毗邻，北与青岛市、潍坊市接壤，隔海与韩国、日本相望，是国家确立的新亚欧大陆桥东方桥头堡、山东半岛城市群的一员、鲁南经济带对外开放前沿，2014年被列为"一带一路"国家战略规划中新亚欧大陆桥经济走廊主要节点城市。日照依山傍海，山水共拥，冬无严寒，夏无酷暑，空气清新，光照充足，被誉为"北方的南方、南方的北方"，是"联合国人居奖"获得城市，摘得"中国优秀旅游城市""全国文明城市""国家森林城市"等城市桂冠。

　　日照市交通便捷，拥有港口、机场、高速、高铁、重载铁路、长输管线组成的现代化、立体式综合交通体系。港口2座，为日照港、岚山港，日照港与100多个国家和地区通航。山字河机场开通了到北上广深等21个国内重点城市的航班。高速公路三纵三横通过日照境内，自东向西为沈海高速、潍日高速、长深高速。自北向南为董梁高速、日兰高速、岚罗高速。青日

1

连铁路、日兰高铁的建成运营，使日照的出行更快捷，日照到济南最快 2 小时，到北京、上海仅需 3 个多小时。

日照，周为莒地，秦属琅琊郡，西汉置海曲县，三国魏时并于莒，属城阳郡，北魏置梁乡县。隋时属沂州琅琊郡莒县，唐、宋属密州。宋元祐二年（1087）置日照镇，属莒县，日照之名始于此，有"日出初光先照"之意。金大定二十四年（1184）始设日照县，属山东东路莒州。元属山东东西道宣慰司益都路莒州。明属山东布政使司青州府莒州。清雍正年间改属沂州府。中华民国建立后，1913 年撤府设道，先后属胶东道、琅琊道。1928 年撤道直属省政府。1940 年 3 月，日照县抗日民主政府成立，隶属于中共山东一区党委五地委。先后属滨海专员公署、滨海专署第三行政区、滨海行政区第二专区、滨海专区。1950年归属沂水专署，1956 年归临沂专署。1985 年 3 月，撤县设市（县级）。1989 年 6 月，升格为地级市（简子市）。1992年 12 月，设区带县，辖东港区、莒县、五莲县。2004 年 9 月，设立日照市岚山区。1993 年 8 月，成立日照开发区，2010 年 4 月升级为国家级经济技术开发区（日照经济技术开发区）。1995 年 9 月，设立山海天旅游度假区，2020 年 12 月入选国家级旅游度假区。2000 年 5 月，日照高新技术产业开发区开始建设，2008 年 1 月，升级为省级高新区。

日照先民早在旧石器时代就在这里繁衍生息。自二十世纪三十年代以来，考古专家和古人类学家就对日照地区的文化遗存进行了深入调查、勘探和发掘。有秦家官庄、竹溪村、南庙、浮来山等旧石器遗址。进入新石器时代，有东两河、南屯岭等北辛文化遗址；陵阳河、大朱家村等大汶口文化遗址；两城镇、尧王城、东海峪等龙山文化遗址。还有桃园、三角汪、上峪等岳石文化遗址。2005年"中国·日照龙山时代与早期国家国际学术研讨会"在日照胜利召开，日照被海内外专家誉为"考古圣地"。陵阳河遗址出土的原始陶文，早于甲骨文1500多年。龙山早期，时值夏代之前的"万国时代"。这一时期日照地区已拥有"两城镇古国""尧王城古国""段家河古国"等龙山古国。"两城镇古国""段家河古国"拥有近100万平方米的"古城"，"尧王城古国"的都城面积更是达到400万平方米，是一座规模宏大的城址，在山东乃至全国都有着极其重要的地位。商周时期，日照东吕乡人姜太公辅周灭纣，成为中国第一个军师，是为兵家鼻祖，被称为"武圣"。莒，在这个时期这块广袤的土地上诞生和发展壮大，留下了"鲁莒会盟""毋忘在莒"等千古佳话。莒史可追溯到史前，后续而三代，以迄汉唐，故城至今犹存。"莒文化"作为一个体系，被学术界所公认，与齐文化、鲁文化并称山东三大历史文化。齐宣王时修建的齐长城在日照区域留下了足迹，它是山东先民的伟大历史创举，是中国古代建筑史上的丰碑。20世纪70年代，崮河崖遗址出土的莱国青铜器，可补文献之阙失，尤其带铭文的4件铜鬲更是青铜艺术的典型杰作。秦汉时期，实行郡县制、郡国制。莒城为都城近400年，汉代又曾为城阳国都城达200余年。海曲吕母起义，点燃了王莽政权灭亡的火炬，吕母成为中国历史上第一位农民起义的女领袖。2002年海曲汉墓的发掘，成为该年度全国十大考古新发现之一。两晋南北朝时期，孕育出伟大的文学理论评论家刘勰，为我国古代乃至世界古代文学理论做出了杰出贡献。隋唐以降，日照诞生了张行简、焦竑两位状元和朴学大师许瀚、国学大师王献唐；走出过苏京、秦国龙、丁泰、管廷献等名臣和国民党元老丁惟汾；走出过瘟疫学大家刘奎、"中华炮师"丁守存和著名物理学家丁肇中。这里孕育了"一门五进士"的金朝海曲太平桥张氏家族和清朝小窑管氏家族，明末至民国时期，涛雒丁氏家族是全省著名科宦世家，诺贝尔物理学奖获得者丁肇中就是这个家族的翘楚。

日照是山东省成立中共党组织较早的地区之一，是沂蒙革命老区的重要组成部分、滨海战略区的中心、沂蒙精神的重要发源地。这里走出了王尽美、宋平等著名中共党史人物。罗荣桓、陈毅、徐向前、谷牧、张鼎丞等老一辈革命家都曾在此工作战斗过。新中国成立后，广大党员干部不忘初心、牢记使命，继承先辈的革命意志和红色精神，挥洒鲜血和汗水创造着新的天地。

日照的民间文化特点鲜明，内容丰富多样，涉及民间美术、传统手工艺、传统美食、传统习俗等方面。民间美术以莒县过门笺、五莲剪纸、日照刺绣、日照农民画、日照黑陶为代表，艺术作品形式多样、色彩鲜艳，富有民间生活的特点。日照农民画，脱胎于抹画，色彩鲜明，题材寓意吉祥、自然活泼，浪漫朴拙，是文化部首批命名的中国现代民间绘画画乡，是日照一个重要城市名牌。日照黑陶精品蛋壳镂孔黑陶高柄杯有"黑如漆、薄如纸、声如磬、明如镜、硬如瓷"的美誉，是龙山文化最著名、最典型的陶器，主产地日照市，被誉为"中国黑陶文化之乡"。日照民间工艺主要包括刘氏盘扣、绒绣、三庄石雕石刻、五莲石磨制作技艺等技艺。这些传统工艺不仅具有实用性,还展现了日照人民的智慧和创造力。日照的民间音乐以鲁南五大调满江红和莒县周姑戏为代表,表达了人们对生活的热爱和情感的宣泄。传统美食是日照民间文化的重要组成部分。日照绿茶撑起日照"北方绿茶之乡"的称号,造就了世界三大海岸绿茶城市之一。海沙子面的故事,是厚植在民间的文明之风,"百善孝为先"那朴实的孝文化已根植在人民的意识里。京冬菜、西施舌、五莲原浆、尧王醇酒、浮来春酒等传统美食、饮品,形成了日照特有的美食文化。这些传统美食是日照老味道和传统文化,是人们了解日照,认识日照的重要媒介。

日照境内名胜古迹众多,与自然风光交相辉映,滋润和孕育了一代代淳朴善良的日照人民。日照拥有4A级旅游景区12处,3A级旅游景区28处,拥有国家级海滨森林公园,有3700年树龄的浮来山"天下银杏第一树"、"奇秀不减雁荡"的五莲山、江北第一野生杜鹃花园九仙山、太极圣地大青山。

本文系统梳理日照名人文化、红色文化、民间文化、莒文化、海洋文化、卫所文化等为内核的日照区域文化,挖掘日照优秀传统文化,以故事形式呈现日照历史文化发展轨迹,讲述日照故事。以日照五千多年生生不息的历史文明涵养坚定的文化自信,在普遍的文化与价值观自信心态中确认和坚守既有体系文化价值,推动日照优秀传统文化创造性转化、创新性发展具有的重要借鉴意义,在文旅融合大背景下,助推日照文旅事业高质量发展,有着现实意义。

目　录

前　言 / 1

导　语 / 1

一、海毓日照　文脉延绵 / 1

（一）向海奋斗 / 3

　　1. 日照前世名"海曲"

　　　古印钩沉一海曲 / 3

　　2. 海防重镇安东卫

　　　安东卫的抗倭史迹 / 8

　　3. 康熙皇帝开"海禁"

　　　一道上疏打开山东"海禁" / 11

　　4. 大海滩上"种白银"

　　　抗日根据地垦盐田 / 15

1

5.海蛤珍品"西施舌"

　毛泽东主席称赞的鲜味　/ 18

6.日照东岸巨港出

　合力建设石臼港　/ 21

(二)群星闪耀　/ 26

1.日照县首位进士张莘卿

　开创"一门五进士"　/ 26

2.日照县首位状元张行简

　建书院启文风　/ 29

3."北方学者第一"许瀚

　创立"照邑朴学"　/ 32

4."中华炮师"丁守存

　研制中国近代首架火箭　/ 36

5.国民党元老丁惟汾

　孙中山感慨"唯丁是赖"　/ 39

6.著名物理学家丁肇中

　中文亮相诺贝尔奖　/ 42

二、红日照耀　本色永恒　/ 47

(一)丹心永驻　/ 49

1.中共一大代表王尽美

　在祖籍地唤起民众　/ 50

2．五卅英烈尹景伊

　青春热血沃华夏　/ 53

3．中共日照党组织主要创始人安哲、郑天九

　血染雨花台，热血造虹桥　/ 57

4．毁家纾难的王玉璞

　不会享福的"败家子"　/ 59

5．独臂文人尹仲岩

　勇士血洒丝山之巅　/ 63

6．"人民的母亲"范大娘

　母送三儿上战场　/ 64

（二）改换新天　/ 67

1．三关口战斗

　解放五莲山区的关键一战　/ 68

2．石沟崖战斗

　"杀猪（朱）过年"慰百姓　/ 70

3．"长空雄鹰"牟敦康

　赴朝作战长眠深海　/ 74

4．"农民思想家"吕鸿宾

　铆劲写成《访苏日记》　/ 77

5．日照水库建设

　力拔山兮造水库　/ 80

6．日照海滨国家森林公园建设

　"台田造林"战荒滩　/ 83

三、遗韵采撷　海岱流芳 / 89

（一）生活印记 / 91

1. 踩高跷推虾皮

   山海经的"长股与长臂" / 91

2. 一人双狮舞起高兴线狮

   线、狮、球演绎飞狮夺球 / 93

3. "飞千"技艺心中的秋千会

   春天里的民间盛会 / 95

4. 传统小船制作技艺

   匠人心中的"船使八面风" / 97

（二）余音绕梁 / 99

1. 鲁南五大调满江红

   盅盘碗筷合奏曲 / 99

2. 民间小演唱莒县周姑戏

   庄户人家的庄户戏 / 101

3. 以方言扎根民间的茂腔

   拴老婆橛子戏 / 103

4. "岚山渔民号子"

   岚山渔民的"信天游" / 105

5. 夹仓传统吹打乐

   渔民的摩斯密码 / 107

6. 人与海和谐共舞之水族舞

   鱼鳖虾蟹闹海潮 / 108

（三）手造生活 / 110

1.古城"钱串子"莒县过门笺

悬于门楣上的愿景 / 110

2.刘氏盘扣制作技艺

巧手下的"鸳鸯"盘扣情 / 112

3.日照农民画

握锄耕千里，执笔绘山河 / 114

4.传承五千年的日照黑陶

泥与火的艺术 / 116

5.三庄石雕石刻

刀锋石影的情怀 / 117

6.五莲石磨制作技艺

"磨光岁月" / 119

7.五莲割花

"绣"与"割"的艺术碰撞 / 120

（四）日照味道 / 122

1.日照的绿色茶饮

炒茶人的"执着" / 122

2.海沙子面

"孝子面"的来历 / 124

3.五莲原浆

传统工艺匠心酿造 / 126

4.走进京城的京冬菜

清代日照县唯一贡品 / 128

5. 日照八大碗民俗宴席

　海边灶台上的饮食文化 / 130

四、百年考古　世纪辉煌 / 133

（一）遗址寻踪 / 135

1. 一片红烧土命名的丹土遗址

　以玉为礼展史前风采 / 136

2. 东海岸边的重大考古发现

　揭示史前文化传承的"三叠层" / 140

3. 规模宏大的尧王城

　与尧王"无关"的太古之城 / 143

4. 北大门两城镇的传奇

　从战火走来的"考古圣地" / 146

5. "两个名字"的苏家村遗址

　石椁墓里的千年传奇 / 150

6. 十大考古新发现之海曲汉墓

　永不褪色的丝路繁华 / 153

（二）毋忘在莒 / 157

1. 吹响文明号角的陵阳河

　洗手偶遇千年古文 / 157

2. 文化名城莒国故城

　齐桓公"毋忘在莒"称霸主 / 161

3. 铁血藩王铲吕氏

　记一方诸侯城阳王刘章 / 166

4. 双鋬白陶鬶

　　五千年前飞来的鸟 / 169

5. 记汉画像石孙熹石阙

　　阙门里的贵族生活 / 173

五、经山历海　名人逸事 / 179

（一）山海雄观 / 181

1. 屋楼春晓

　　"山头纪历"始展现 / 181

2. 福山寿地浮来山

　　银杏树下莒鲁会盟 / 185

3. 山东海滨第一崮

　　体验大山里的"田园综合体" / 189

4. 五莲山—九仙山地质公园

　　奇秀不减雁荡 / 193

5. 万艘渔船平安抵港（厂平口）

　　渔民的幸福港湾 / 196

（二）钟灵毓秀 / 201

1. 千年古刹定林寺

　　刘勰归隐《文心雕龙》出 / 202

2. 流风余韵柱史公祠

　　三代著述《金瓶梅》 / 206

3. 海边礁石上的石刻

　　万里海疆第一碑 / 209

4.众河之源—石亭

　　"满腹诗书"老钟楼　／213

5.船员的生命航标

　　石臼灯塔　／216

参考文献　／**219**

后　记　／**221**

一

海毓日照 文脉延绵

日照，历史悠久，文化丰厚，人才济济。日照依托海洋资源奋斗谋生的历程，是中华文明刚健有为、奋发图强的生动缩影：海盐业的发展促进了日照地区人口的聚集与行政建制的不断升格；作为山东南部门户，日照在保卫国家海防、抗击外来侵略当中发挥了重要作用；航运业的发展兴盛使日照成为北方地区对外贸易的重要口岸。日照文教兴盛，为历朝历代输送了众多安邦定国的名臣与德才兼备的大师。文脉延绵，不绝如缕，古老而年轻的日照，正在新的历史起点上奋力蝶变。

（一）向海奋斗

日照文明发展的历史，正是一部向海奋斗的历史。西汉时期，日照地区为海曲县，因盛产海盐，设有盐官。日照因位于"濒海日出处"，是"日出初光先照"之地而得名。北宋时设日照镇，金朝升格为县，都是基于发达的海盐业所引发的人口聚集与商业流通。日照是山东南部门户，在保卫国家海防、抗击外来侵略当中发挥了重要作用，明朝设立的安东卫成为一座至今屹立于人民心中的海防古城。清朝的涛雒人丁泰向康熙皇帝上《开海禁疏》，率先打开了山东"海禁"，日照的海上贸易得以发展。革命战争年代，中国共产党带领军民兴建安东卫盐场，在海滩上种下大片"白银"。新中国成立后，石臼港的建成为日照市的建立播下了一粒艰苦奋斗、团结奉献的种子……历史足印坚实铿锵，正在助力日照向现代化海滨城市的精彩蝶变。

1. 日照前世名"海曲"

古印钩沉—海曲

清朝咸丰年间，在日照县瞻埠潭西南方的一座小山上，村民挖出一块二寸见方的古印。这本不算稀奇事，因为在这座被称作"崮"的小山上，村民常常掘出铜制箭头或铜印。但这方古印却有所不同，它的鼻纽古朴，上书"海曲督印"四字，篆法精妙。著名朴学大家许瀚先生对其进行了鉴别，认为这是一方汉印。

汉朝时，日照县地的确曾为海曲县。"海曲"因何而建，又因何而废？"海曲督"是何人？一方小小古印，钩沉起多少轮汉时明月……

汉朝建立后，折中地继承了秦朝所创立的郡县制，推行一种郡县与封建兼而有之的郡国制。秦朝所设的琅邪郡被保留下来，辖五十一个县，其中一县为西汉初设，名为海曲，治所位于今天日照市东港区烟墩岭村南 300 米处。

此县为何得名"海曲"？清朝康熙十一年（1672）《日照县志》有这样一条记载："海限塞山，有此一曲，故名。""海曲"高度概括出了它的地理特点——被海洋所围限，被群山所阻塞，这里是山海间的一曲之地，是僻居海隅的一处小地方。

虽然地理位置上有些偏僻，但这里海洋资源丰富，沿海滩涂广阔，港汊沟渠相接，气候四季分明，是一块盛产海盐的宝地。西汉时，海曲县设有盐官。盐官是盐政官署，管理一个地区盐的生产、运输和销售。

为何要设立官署来管理盐务呢？

在古代，盐作为一种战略物资，其地位堪比今天的石油，被称为"白色的金子"。食盐专营能够给政府带来稳定可观的税收，为安邦定国发挥巨大作用。比如，古罗马、印度都曾实施过盐业专卖，古罗马士兵最初的军饷中有一部分就是盐，今天英语中的"薪水"salary 就是从"食盐"salt 演化而来。

西方如此，中国也是这样。春秋时期，齐国贤相管仲推行"官山海"的政策，将海里的盐、山里的铁都收归国有，促使齐国迅速崛起，齐桓公也因此成为一代霸主。

西汉时期，汉武帝数次征讨匈奴，耗费了巨大的财力和物力，致使国库空虚。因此，他实施了一系列新的经济政策，其中重要的一项就是国家对生产与销售盐铁的权利进行垄断。

元狩四年（前119），盐铁官营政策开始全面实施：政府招募百姓进行盐业生产并提供煮盐用的大盆，有敢私自铸铁器煮盐的，要对其施以刑罚，并没收他们的器物。全国多地设立起主管盐铁的地方官府，选拔了一批经营有方的盐商充任盐吏。元封元年（前110），各县设置盐官或铁官。最迟从这一年开始，海曲县设了盐官。

古代"盐"字的小篆写法"鹽"能够反映出盐业生产的管理方式：火上架着煮盐的器皿，人在不停地搅拌卤水，官吏在一旁注目监视——这是对君主与中央集权的臣服与屈从。

据《汉书·地理志》记载，汉朝时全国共设盐官30多处（包括海盐、池盐和井盐），仅现在的山东地区就设11处，是盐官数量最多、分布最集中的地区。海曲县所属的琅邪郡，就有3处产盐区（另两处分别为计斤县、长广县，是今山东省胶州市与莱阳市东）。

在汉代，因为盛产海盐，海曲县成为经济文化发达地区之一。祖籍日照的明朝万历年间状元、著名学者焦竑曾在《日照县志》序中写道："古称铸山煮海，轶世富强。"海曲汉墓、大古城墓地发掘出土了数量众多的精美漆器和丝织品，这是社

漆双层五子奁大古城墓地出土，是一种古代贵族女子使用的化妆盒

会地位与财富的象征。比如，汉代漆器是名贵的手工业品，《盐铁论》所说当时富人使用的"银口黄耳""金错蜀杯"就是这类器物。漆器制作的分工精细复杂，涉及的工种有十几种，《盐铁论》里有"一杯棬用百人之力，一屏风就万人之功"的说法。海曲汉墓的考古发掘成果是海曲县社会经济发展状况的证明。

西汉后期，外戚在宫廷政治中的作用逐渐扩大。公元8年，王莽篡位，改国号为"新"。他开展了一场以《周礼》为依据的"托古改制"，企图按照儒家经典重建一个"大同"世界，一劳永逸地解决长期棘手的土地兼并、贫富不均、商人盘剥农民等社会问题。然而，币制的多变、沉重的赋役、战争的骚扰与残酷的刑罚，使得农民完全丧失了生路，社会危机被激化和加深——许多农民走上了武装暴动的道路。

在海曲县，有一位人称"吕母"的妇人，家资颇丰。吕母的儿子是一名县吏，因小事被县宰冤杀。吕母买了许多好酒，购置了大批刀剑兵器。她主动接济贫寒的年轻人，并送他们酒喝。时间久了，吕母家财散尽。为了报答吕母，这些年轻人组建成为一支数百人的起义队伍。公元17年（新天凤四年），吕母自号"将军"，率领这支队伍攻入海曲县，抓住曾冤杀她儿子的县宰，并亲手将其斩杀。

其后，吕母带领她的队伍转入海岛安营扎寨。许多破产的农民纷纷入海投奔吕母，这支队伍后来壮大到上万人。

吕母起义导致海曲县被废。包括这场起义在内的暴动此起彼伏，预示着大规模的农民战争即将来临。吕母去世后，她的队伍加入樊崇的赤眉军。在轰轰烈烈的农民战争中，王莽政权被推翻了。

东汉时期，原海曲县改置西海县，属徐州刺史部琅邪国。海曲县的历史结束了，后人只能在故城旧址与吕母崮前怅望这座已是"空余蔓草夕阳多"的"西汉荒城"。

这枚"海曲督印"的主人究竟是谁？学问精深如许瀚也没能回答这个问题。他们曾遍查汉代百官公卿表，其中并没有"督"这样一种官职。清朝光绪年间，《日照县志》的编修者们将这件事记录在了县志最后的篇章里，"存此以俟后之博者"，愿后世的博学之人能解开这个谜题吧。

2. 海防重镇安东卫

安东卫的抗倭史迹

明朝初年，为了加强海防，抵御倭寇，全国的沿海防御体系（包括卫、所、巡检司、墩）逐步建立、完善了起来。

"卫"既是围护京畿之地的屏障，又是防守一方平安的重地。安东卫，位于日照县南九十里，背山面海的地理条件，具有天然的防御优势，且东邻日本，"若在眉睫"，在山东沿海防倭体系中举足轻重。之所以得名"安东卫"，因为"安东方者，莫逾于此"。

安东卫隶属山东都指挥使司，初设时有左、右、中、前、后五个千户所。天顺年间，中所、右所被调走，安东卫从此只辖有前、左、后三所。除此之外，安东卫还辖28座沿海墩台，墩台矗立于沿海"千仞绝巅之上"，可以瞭望俯视，目及千里，传递海上警情。

蜿蜒的海岸线上，一处处卫、所、巡检司、墩台串连一线，成为扼守明朝中国海防的一道坚固防线。永乐以后百余年，海上没有出现大的倭患。

嘉靖三十一年（1552），"嘉靖倭乱"在中国东南沿海爆发。猖獗至极的倭寇在中国大地上纵横来往，沿海民众惨遭荼毒，东南千里海疆同时告警。

在这一形势下，戚继光被擢升为山东防倭署都指挥佥事，承担了山东沿海所有卫所的防倭重任。他大刀阔斧的整顿，使山东海防成为同时期沿海各省最为坚固、令倭寇最难逾越的防线。

随着东南沿海剿倭战争的全面展开，倭寇在浙江、福建等地难以立足，部分残余势力再次窜至山东、江苏沿海，流劫各地。正因为戚继光所打下的备倭基础，尽管日照时有倭寇侵扰，也均被军民合力击退。

嘉靖三十三年（1554）三月，从苏州府、松江府逃窜而来的倭寇，掠夺民舟入海，迫近通州、泰州等城，在各盐场焚烧抢掠。其中有一部分倭寇，继续北上，漂入青州境内。

倭寇乘舟侵犯安东卫东岸，卫长官率领众军士奋力抵御，终将倭寇击退。

嘉靖三十四年（1555），江浙一带倭寇势力蔓延，沿海地区无不被蹂躏。五月，一艘满载倭寇的船只在夹仓口登陆。60余名（一说50余名）"红衣黄盖"的倭寇手持利刃，一发现民居就如饿狼扑食。安东卫官兵与日照县民共同迎击，在九仙山东边的转头山激烈交战。被击败的倭寇流劫安东卫，向南逃遁至响石村（今在连云港赣榆区），又被官军县民迎头痛击。残余倭寇继续流劫淮安府海州、沭阳、桃源等处，直至在清河县，被大雨阻住去路。徐州、邳州官民分道追逼，终至马头镇民家将倭寇歼灭。

嘉靖三十六年（1557）五月，自扬州府泰州流劫而来的倭寇分别转掠扬州、山东及徐州。倭寇船只又一次在日照登陆，安东卫"掌印指挥王道率青州营千户徐光华奋力御之，数日始去"。

基于山东海防的相对稳固，明朝政府才能把戚继光及山东海防军队调到倭患最为严重的东南沿海。在浙江扫平倭寇之后，嘉靖四十一年（1562），戚继光又被派往福建抗倭。在即将奔赴前线时，他动员召集山东各卫所世袭军官一同前往。

　　在安东卫，共有 17 名壮士请行出征，他们的名字并没有都留下来。我们如今所知道的，在这支敢死队伍里，有一个是赵江，他是安东卫指挥佥事的弟弟，还有苏田兄弟二人。苏田 20 岁出头的年纪，军职为世袭安东卫百户。出征时，他妻子的腹中正怀有他们的第三个儿子。

　　苏田与二弟在福建剑浦县（在今福建省南平市）扎营。此时的福建正是倭患重灾区，遍地喋血，将士们此一去不知能否归来。可一旦进入战场，他们的生命就将成为这一场赌博中的血肉筹码，不得不在必要时孤注一掷。

　　在战场上，苏田兄弟勠力挺身，毫不退让，杀伤倭寇甚众。某一次，战斗一度失利，将士们只得破釜沉舟、背水一战。苏田大声疾呼着冲入敌阵，他高亢的呼喊声在刀光剑影、血肉横飞的战场上穿来穿去，身后是二弟紧紧跟随。兄弟二人不知手刃多少倭敌，最后俱战死在那片土地上。

　　赵江也倒在了福建的战场上。他舍了一切地跟随戚继光出征，最终连生命也舍弃在了保家卫国的阵地最前沿。

　　入侵中国东南沿海的倭寇基本被平定了。万历二十年（1592）四月，日本又发动了蓄谋已久的侵朝战争，并妄想在征服朝鲜之后侵略中国。唇亡齿寒，明政府出兵援朝。

　　作为连接山东与江苏的军事重镇，在新的抗倭形势下，安东卫在海防布局中的重要性得以凸显，海防力量明显加强。在援朝抗倭战争中，安东卫在保护海运、漕运，供应粮饷，为战事提供军力支援等方面发挥了重要作用。

历时七年之久，援朝抗倭战争终于结束，中朝两国共同挫败了日本的侵略野心。但此一战，明政府付出了沉重代价，中国与朝鲜"迄无胜算"。为减少经费开支，明政府立即裁减海防兵备，安东卫的驻兵被大幅裁减。

明代晚期，海防卫所体系已疲败至极，不堪一击。安东卫的各处沿海墩台之下，曾为保障墩卒日夜坚守岗位而置的土地都被淹没了，盖的房子也都倒塌了。负责瞭望海上警情的墩卒们也早已不来上工值守了。

倭患已终结，明朝也终于趋向灭亡。

清朝乾隆七年（1742），安东卫并入日照县。花落结果，时移世易。围绕在安东卫的烽火硝烟早已消散，曾经的军事建置单位已成为普通地名沿用下来，直到今天。

3. 康熙皇帝开"海禁"

一道上疏打开山东"海禁"

清朝康熙十八年（1679），时节刚入二月。在紫禁城午门东西两侧，是"六科"朝房。宫墙高耸，屋顶雪已消融，有丝丝缕缕的春风在庭前拂过。

工科掌印给事中丁泰（山东日照县涛雒人）无意于欣赏初到的春光。连日来，他查阅案卷、研究时事、埋头思索。

丁泰《开海禁疏》（部分），出自清·光绪《日照县志》

他有一项长期萦怀于心的工作——可以说是一项使命，要去完成。此时，他打开一份空白题本，在起首处郑重写下："开海禁疏。"

"海禁"，作为一项国家海防政策，在明朝初年就已实行，朱元璋曾立下"不许寸板下海"的祖训。清朝初年，因郑成功据台湾、厦门一带坚持抗清，又通过经营海内外贸易供给军需，对清朝的统治形成了日益严重的威胁。所以，清廷重新颁行"海禁"政策，多次申严强化，并在此基础上颁布"迁界令"，将广东、福建、浙江、江苏、山东沿海五省居民分别内迁三十至五十里，尽烧民居、船只，不准片板入海，以此切断沿海居民与抗清势力的联系及贸易往来。

"海禁"政策的严厉执行，引发了严重的社会危机，不仅给清王朝带来了巨大的经济损失，更给沿海居民的生活造成了毁灭性的破坏。多位官员挺身力谏，上奏"海禁"所造成的种种惨状、沸腾民怨，竭力主张开海贸易。这其中就包括丁泰。

丁泰的老家就在山东沿海的日照县，他很清楚"海禁"对日照和沿海人民意味着什么。

日照县东临大海，境内被群山环绕，土地多为盐碱地或瘠薄沙地，但所承担的赋税并没有因为土地的贫瘠而减少。又因为地理位置的险要，每当改朝换代之季，日照县往往成为被蹂躏的战场，人民流亡，土地抛荒，惨不忍睹……"地瘠民贫"的日照别无他法，只能靠海洋来寻求出路。因为有海，日照盛产海盐，沿海渔民亦可以渔业为生。随着海上贸易的逐渐发展，不论当年土地收成如何，人民皆可以此补贴生活。但是，"海禁"政策的执行，对于以海为生的日照来说，就如同人被切断了咽喉，人还能活得下去吗？

每每念及家乡人民的苦难生活，丁泰就如芒刺在背。

随着清廷平三藩之乱势如破竹，东南沿海一带的抗清活动也逐步衰弱，"海禁"政策亦随之有所松动，海州云台山（今连云港）首先复界。丁泰鼓起了勇气与信心——此时，正是上疏的最佳时机，他要争取在山东首先开海，纾解民生苦难。

在此之前，朝廷已对开海问题进行过激烈辩论。丁泰蘸足墨汁，在题本上主动提出："臣家居濒海，知海滨之情形颇悉，请为我皇上陈之。"

丁泰重点指明了由山东向南到淮安府庙湾镇（今江苏阜宁）的航线："夫山东海岸……迤南则由胶州、诸城、日照，以至前岁所复海州之云台山，仅半日程。由海州海边至淮安之庙湾镇，亦一日夜可到。庙湾迤南则山阳、高邮一带之里河，直通江淮而不用海舟矣！是庙湾镇、云台山皆为海边内地，而南北贸易之咽喉也。"庙湾镇与之前所复界的海州云台山一样，都是南北贸易的关键节点。

"南北丰歉不常。未禁海口以前，所恃以转运兴贩。南北互济者，米豆非船不能运载，船非至庙湾不通河口。"庙湾镇是粮食买卖的重要港口。禁海之前，庙湾与日照县及整个山东省贸易往来颇多，主要商品是大豆、粟米。山东是全国大豆主要产区之一，自明朝就大量输出到江南各省。尤其在水旱灾年，江南人民多以山东米豆维持生计。日照县民，也正是因为米豆的海上运输，可以补贴生活。但禁海以来，江南的粮食供应出现很大缺口，日照县的谷价也减少大半。一遇水旱灾年，南北之间不能互相扶持，只能坐以待毙。

因此丁泰申明，南至庙湾一线是山东贸易的"必由之路"，应开。

但丁泰也知道，开海禁这么大的事情不可能一蹴而就、一开全开，而是应该结合当下形势，有缓有急、按部就班地开。因此他对贸易船只的活动范围与载重量做出了建议，对海防、海船纳税等事项也提出了解决方案。

最后，丁泰再次强调，"务俾小民得安生理，以享乐利，所关非渺小也！开'海禁'是使万千民众安享民生的大事要事，一定要高度重视。"

疏成，落笔。丁泰觉得，此次上疏与之前历次皆不同，写《开海禁疏》，如同要完成一场重要的仪式。

数日之后，经过康熙皇帝下旨召开的朝廷会议慎重讨论，丁泰提出的首先在山东开海贸易的意见得到了肯定。

此时，丁泰终于从心底里卸下了一副重担。这两年，他总觉身体大不如前，近来又因风寒入肺，久治不愈。于是，他请了病假返回老家休养。但，天不假年，在康熙十九年（1680）十月二十三日的午后，丁泰永远地闭上了眼睛。

丁泰享年五十三岁。这一年，山东正式开海。

山东的开海成为全国开放"海禁"的先声，在它的带动下，开海之议进入高潮。康熙二十二年（1683），台湾平定。清廷宣布全面废除"海禁"政策，准许开海通商，又在东南沿海地区设立多个海关。沿海居民的生活有如重生。

在日照县，"海运渐开，商贾骈至。自此而后，有无交易，颇济民用"。丁泰为争取山东首先开海所做出的努力及所带来的巨大成果，人民记下了，历史也都记下了。

4. 大海滩上"种白银"

抗日根据地垦盐田

在历史上，盐作为一种战略物资，被称为"白色的金子"，为安邦定国发挥了巨大作用。日照地区盛产海盐，不论是海曲县设盐官，在盐场上建立日照镇，日照由镇升为县……盐业成为日照地区经济社会发展的主导产业。1943年到1944年，八路军第115师、滨海军区等部队官兵与日照党组织带领日照人民因地制宜，展开了开垦盐田运动，在荒芜的滩涂上堆起了大片"白银"，为摆脱滨海抗日根据地的财政经济异常困难局面，进而创造八路军大反攻的条件以解放日照，发挥了重大作用。

1942年，滨海抗日根据地遭到了日、伪军和国民党顽固派的疯狂侵扰，陷入极端困难局面，控制领域大为缩小，军民生活举步维艰。大家吃的是山果、野菜、花生皮、地瓜秧，穿的是补了又补的衣服。部队枪支弹药严重短缺，伤员的医治、兵源的补充也面临很大困难。

屋漏偏逢连夜雨，1943 年灾荒连连，滨海抗日根据地的经济生活状况愈加艰难。2 月，日照中心县委机关、警备团以及县大队的干部战士根据中共中央和毛泽东提出的"自己动手，丰衣足食""发展经济，保障供给"的方针，开展大生产运动，决定在安东卫南滩头开垦盐田。

南滩头有一望无垠的海滩，但是原存盐田面积很小。干部战士们在勘察地形、走访老盐工之后，初步掌握了晒盐知识和沿海气候变化规律，制定了安东卫盐田开发的具体方案，并组建起一支 300 多人的队伍，打响了开垦盐田的战斗。

春寒料峭的二月，海风呼啸，海水冰冷。参战队员个个挽起齐膝的裤腿，赤脚踏进滩泥，抢锨、挖泥、筑坝，将滩面的薄冰踩得咔嚓咔嚓直响，挖上来的泥很快地冻结了。冰水似根根针扎进战士的皮肉，大家的脸冻得乌青。有的观战群众忍不住拉住几位身体单薄的小战士，劝说他们上岸休息一会儿，可战士们坚决不答应。各班、排还组织开展劳动竞赛。海防警备团 1 连 6 班战士早出晚归，经常连续奋战三四个小时，因而该班被评为先进班，班长王海亭被评为警备团模范。

如此，在大潮来临之前，参战队员在海边修筑了一条 300 米长、1.5 米高、3 米宽的堤坝，在堤坝内开了水沟，打上格子，培了泥基，建起了平整的棋盘式的大盐田。第一年，盐田产盐 70 多万斤，第二年增加到 120 多万斤。附近的荻水、小庄子、安东卫等村的村民在县委的带动下纷纷效仿，开辟了一些小块盐田，平均每户可分盐 1 万多斤。

阳春三月，晒盐进入最紧张的时节，安东卫盐田格外繁忙与喧闹。9部风车同时转动，淙淙海水流入盐池，人们淋卤、撒种、刮盐忙个不停。一堆堆海盐在阳光照射下，分外晶莹剔透。

1944年2月，滨海军区司令员陈士榘（中华人民共和国的开国上将）率领军区直属队，也到安东卫南面的海滩上开拓盐田。在开挖盐田之前，他专门拜有经验的老盐工为师傅，学习晒盐的方法，与大家一起讨论转滩、灌滩技术的优缺点，不断改进晒盐技术。

盐田开工后，白天，陈士榘等部队干部亲自督查挖土、转泥、筑堤、开渠等工程细节，指导不懂技术的战士，使得几位老盐工笃信陈士榘当兵之前应在家晒过盐。这件事情传开来后，战士们不禁捧腹大笑。夜深人静时，陈士榘等领导顾不得休息，召集收工后的干部战士围坐在一起，畅谈白日的工作情况，仔细研究解决问题。

工程开工刚几日，一位老盐工对陈士榘说："一年中除了农历七月十五，要数农历二月二的来潮为最大。现在离二月二只有5天，一定要赶在大潮前头修好抵挡海水的外堤坝，一旦潮水涌进开垦的滩内来，除已经动工的地方会前功尽弃，还会增加筑工的辛苦和困难。"陈士榘等领导马上对官兵进行动员，激发劳动热情。经过5天的突击劳动，大家终于完成了近600米、1.5米高、3米宽的外堤和蓄水的内湖、荒水湖，挡住了大潮的侵袭，还蓄进了海水。

军中诗人易尔山有感于这热火朝天的盐垦场景，挥笔写下《种白银》一诗。诗中写道：

......

谁也不顾惜泥沙冻僵腿

谁也不顾惜冷风刮痛脸

谁也不顾惜锨镢磨破手

谁也不顾惜热汗湿衣衫

是谁在干得那么起劲——司令员、政治委员

是谁在干得那么起劲——战斗员、男女工作人员

......

后来，这首诗被谱成歌曲《八路军开盐田》，在根据地广泛地传唱。

5. 海蛤珍品"西施舌"

毛泽东主席称赞的鲜味

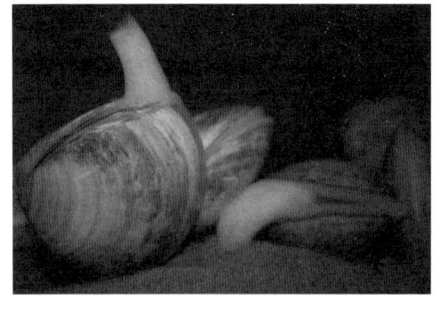

西施舌

"西施舌"是一种形态俊秀的海蛤，它壳大薄脆、壳面光洁、外形似扇、花纹细致、斧足形扁似舌、清白如玉，因此，被人们以著名古越美女西施命名。产于日照沿海的"西施舌"，以壳薄体大、肉质脆嫩、味道鲜美而闻名，且其营养丰富，具有很高的食用

价值，是当之无愧的海蛤珍品，曾受到毛主席的赞美。

1958 年 12 月下旬，日照县委接到通知：中央决定于 1959 年元旦期间，在北京召开全国社会主义建设先进单位代表会议，提名柴立清参加。

柴立清是谁？

柴立清是今日照市岚山区岚山头街道官草汪人，全国劳动模范。他 17 岁出海捕鱼，22 岁当"船老大"，是当地捕鱼能手。新中国成立后，他带头在安岚区办起渔业生产合作社。作为船长，他带头苦干，平均每年出海 250 天；在捕鱼方式、网具改造上不断创新，提高渔业产量，创造了单船年产万斤的全省最好成绩。1958 年，人民公社建立后，他继续革新捕鱼技术，获得了渔业特大丰收。全船年捕鱼 5.1 万公斤，高出全社平均单产的 1.6 倍，被命名为"英雄船"。

柴立清接到通知后，心情激动不已。他产生了一个想法：将日照海边出产的"西施舌"带进北京，献给毛主席。他赶紧来到安岚区大队部，将这一想法告诉了驻村工作组长（时任日照县水产局长）。组长立即打电话向县委请示，并得到答复：同意，一定把好事办好。

柴立清备受鼓舞，立即召集社员开会讨论研究。目前，公社现有的"西施舌"数量少，且大小不一。现在正值冬季，是采捕"西施舌"的好时候，大家多捕一些，选出来最好的献给毛主席。但是，有人提出："沙滩方圆十几里地，很难确知'西施舌'的位置，而且沙滩已经冻得像铁板一般，挖掘难度也很大。"

"我有个办法！"柴立清大手一挥，说："各小队带上铁锨，用碌碡把沙压散，如果有向上吐水泡的地方，就拿铁锨往下深挖，准能挖到'参娃娃'。"大家一听这个方法，都齐声赞同，于是立刻动身前往沙滩"寻宝"。

冬日天短。掌灯时分，柴立清和大家挖到了三十几个"西施舌"。柴立清从中细细挑选出二十个又大又好看的。

这些"西施舌"该怎么保存呢？"一定要让主席吃上新鲜的西施舌！"柴立清暗下决心。他先用平整的榆木板做了一个一尺见方的镂空木盒，再将当年新割的稻秧放在海水里泡透了，取出来认真地铺在木盒里面，然后小心翼翼地把"西施舌"整齐地码放在稻秧上。就这样，一层稻秧上放一层"西施舌"，共两层，顶部以油纸覆盖。最后，木盒盖上盖子，又用钉子加固。

第二天，天刚蒙蒙亮，县委就派了辆吉普车来接柴立清，带队的是县委常委、农业部部长任增恩。柴立清的胸前佩戴着鲜艳的大红花，黑黝黝的脸膛也泛着红光。他两手紧紧抱着那个装满西施舌的木盒，片刻不敢放下。见到县委秘书，柴立清突然想起了什么，赶紧跑过去说："秘书同志，麻烦您给我写个字。"秘书说："行啊，写什么字？"

柴立清带着秘书来到办公室，把木盒稳稳地放在桌子上，又找来笔墨纸砚，说："您就在这上面写上'献给毛主席的西施舌'，落款写上'山东省日照县人民'。"秘书点点头，手握着狼毫，屏气凝神，工工整整地写了两行颜体小楷。"真好看！"柴立清赞叹道。"给主席看的字一定要写好。"秘书一脸庄重。

到了北京，柴立清满眼都是鲜花和红旗，耳畔都是欢声和笑语。大会接待人员安排山东代表团住进了北京友谊宾馆。在宾馆门口，柴立清将这个珍贵的木盒子交到大会接待人员的手里，急切地说："同志，这个盒子请您收好。俺是从山东日照来的，从海边给毛主席他老人家带来了西施舌，请主席品尝。"

不久之后，毛主席的秘书赶到友谊宾馆，找到日照代表。他一手握着任增恩的手，一手握着柴立清的手，说道："主席让我来代他道谢，谢谢日照代表，谢谢日照人民，这是他有生以来第一次吃到这么鲜美的西施舌。主席问，你们还有什么要求？"日照代表团的同志们一致回答："没有要求。"柴立清激动地说："我们回去后一定好好建设社会主义，建设自己的家乡，我们代表全体日照县人民向毛主席问好。"

1959 年元旦，人民大会堂灯火辉煌。毛主席同政治局的委员一起步入大会堂，绕场一周，同全国农业社会主义建设先进单位代表们见面。毛主席频频向大家挥手致意，会场上一片掌声雷动。人群中的柴立清情不自禁地流下了热泪，双手不停地鼓掌，嘴唇抖动着说不出话来……

6. 日照东岸巨港出

合力建设石臼港

"黄海滩头千年睡，日照东岸巨港出"，这是 1985 年 4 月，时任国务院副总理李鹏视察正在建设的石臼港后所做的题词。正如题词所表达的，石臼港是改革开放催生的一朵奇葩，盛开在鲁南大地上。这朵奇葩的生长，既经历了一波三折的港址选择过程，又经历了艰苦卓绝的港口建设历程。

1982年2月，石臼港主体工程正式开工。在既无大中城市依托，又无老港依靠的艰难条件下，来自全国各地的港口建设者们，迎难而上、精诚合作、无私奉献。他们留下的故事，就如同海边的朝日，一直普照着这座港口……

1982年春天，在北京，明亮的灯光在交通部的招待所里彻夜不熄，几十名港口工程师围绕石臼港沉箱预制、储运和下水问题，分析比较着种种设计方案。如何找到一个实施效果最好，又不拖延工期，耗资亦不巨大的方案呢？

一个大胆的设想萌生了：先在岸上浇筑沉箱，然后把沉箱牵引到浮船坞上进而拖到海里，贮存在平坦的海底，待安装时，再将沉箱浮起并拖运到基床上沉水就位。

这个设想如果成功，将成为国内外首创。为了实现这个方案，在航务二处技术科几间简陋的平房里，工程技术人员翻阅了上百本资料，画了上千张草图，计算了上万个数据……100多个日日夜夜过去了，终于，一个预制、牵引、拖运沉箱出坞下水的完整施工方案形成了！

1982年12月29日上午，沉箱终于要下水了。交通部部长亲自督阵，日本客人兴致勃勃地在旁观光。下水的命令一发出，两根钢绳即随着绞车的启动缓缓拉直，山峰似的千吨沉箱平稳地通过钢辊、钢轨，分厘不差地走上了浮坞。

为了这一天的到来，科技人员们做出了巨大的牺牲。航务四处主任工程师顾国良是上海人，1983年春节前夕，他正在

突击编制石臼港咽喉工程翻车机房的施工方案。已年逾七旬、常年患病的老母亲多次来信，央求他回家团聚。但顾国良重任在肩，实在无法离开工地。于是，他给母亲寄去了一盘录音带。这盘装满了顾国良对母亲的思念、歉疚和祝福的录音带，代替他陪伴着母亲度过了这一年的除夕之夜。

周学诚是一名起重工。这个职业，需要耳聪目明、眼疾手快。可是，在建设湛江港时，周学诚曾被一块铁屑夺去了右眼。眼球摘除后，听力也随之衰退了。

建设石臼港时，周学诚凭着一只左眼，带领着一班青年起重工，担负了全部的海上工程安装任务。千吨圆柱形沉箱，被他们驾驶着在大海里灵活地沉降、起浮、飘移、就位。长 84 米、重 450 吨的巨大钢桥，也被准确无误地架在桥墩之上。

1983年夏季的一个夜晚，海里浪高流急。当固定沉箱的钢缆刚系好，正准备将沉箱放水落位时，突然，一股巨大的回流冲击而来，猛地拧断了沉箱上一条钢缆。失去平衡的沉箱在急流与旋涡中剧烈抖动、弹跳，站在沉箱顶上的十几名工人大惊失色、不知所措。

　　"沉着！"周学诚大喊一声，用左眼迅速"扫描"了一下整个场景，又用戴着助听器的耳朵仔细倾听海面风浪的响动，当机立断地大声发出指令："放缆！"然后，他拼力扳动放水闸，迫使沉箱放水落位，从而挽救了沉箱上的十几个工人，避免了箱毁人亡的重大事故的发生。

　　58岁的刘济舟是建港指挥部总指挥、交通部基建局局长，在党的十一届三中全会召开后，他不顾自己年近花甲，从北京卷起铺盖就风尘仆仆地来到石臼港建设工地。

　　石臼港是耳型开敞式码头，外海没有人工防护堤和天然屏障。夏秋之际，海洋里只要刮起东南风，船舶就会在波峰之间上下起伏，根本无法精确作业。因此，海上的最佳作业时间只有120天。

　　作为总指挥，最重要的是抓工程质量和保证工期，而水工工程是关系整个工期的关键。为了抓好这个主要矛盾，刘济舟常常身穿工作服，头戴防护帽，到施工第一线现场指挥。炸礁队在海上爆破时正是夏季，常常因风浪大而卡钻杆、打偏位，他登上船舶和职工一起抱钻杆，指导职工抢时机争主动。他也常爬到起重船几十米的起重臂上伸手揽风，探索下海作业经验。患有关节炎的他，经常因为登高下水而两腿僵直。

建港指挥部副指挥蒋茂林，在石臼港建设期间已是白发苍苍，他承担着组织地方配合主力军施工的重任。起初，不少群众对建港的重要性并不理解，也曾为征地搬迁犹豫过。蒋茂林来到石臼后，走访搬迁单位，动员人民群众，很快征完了 4100 多亩地、1000 多亩海带田和捕鱼行地。22 个单位的 4 万多平方米的建筑、数百万吨的物资，仅仅用了 3 个月的时间就拆迁一净。紧接着，蒋茂林又会同日照县领导一道攀丝山、下渔船，组织群众"放下锄头当石匠，放下渔网上工地"。一时间，日照大地上车轮滚滚，海上千船竞发。日照人民就像战争年代支前一样，用肩扛、人抬，或是用小推车、地排车、拖拉机一起上，源源不断地将砂子、砖瓦、石块运往建港工地。

建成后的石臼港，作为国家能源运输大格局中的一颗重要棋子，正式嵌入共和国版图，成为黄海岸边一颗璀璨的明珠。许多石臼港的建设者都已经离开了日照，但是"艰苦创业、无私奉献、勤俭建港"的精神，早已融进日照港人的血脉，传承

现在的山东港口日照港鸟瞰图

25

至今，成为加快建设世界一流海洋港口新征程中的一座灯塔。

（二）群星闪耀

日照人才辈出，如同群星闪耀。这里走出过武圣姜太公和第一位农民起义女领袖吕母；走出过张行简、焦竑两位状元，朴学大师许瀚和国学大师王献唐；走出过苏京、秦国龙、丁泰、管廷献等名臣和国民党元老丁惟汾；走出过瘟疫学大家刘奎、"中华炮师"丁守存和著名物理学家丁肇中。这里孕育了"一门五进士"的金朝海曲太平桥张氏家族、清朝小窑管氏家族，明末至民国时期，涛雒丁氏家族是全省著名科宦世家……文化血脉代代流传，惠泽日照今朝。

1. 日照县首位进士张莘卿

开创"一门五进士"

金朝的张莘卿，是日照县有历史记载的第一位进士。他强学自立、廉洁公正的精神深刻影响了家族文化，开启了海曲太平桥张氏家族祖孙三代（张莘卿、张昉、张晔、张行简、张行信）"一门五进士"的盛举，成就了日照文脉之路上的一座高峰。

张莘卿从小时候起就自强自律，保持着旺盛的学习热情。因为家里贫穷，请不起老师来教，张莘卿就关起门来自己学，每天诵读千余言，无论严寒酷暑都不松懈。北宋末年，战乱频仍，盗贼猖獗，人民忍饥挨饿，辗转流浪。即使在这样困难的情况下，张莘卿依然坚持读书学习。他背着书籍来到田间，一面辛勤劳作，一面自学不辍，一有空就练习写文章。在日积月累中，他的学问日益深厚，文采日益飞扬。后来，金国在中原建立了政权。张莘卿先是参加乡试，考中举人第一名，又进京参加会试，考中进士第二名。自此，声名显扬。

张莘卿在学习上永不懈怠，真可谓是"活到老，学到老"。小时候背诵的文段，张莘卿一辈子都忘不了。年老时，他依然手不释卷。家里有很多藏书，书籍卷册全都是完整、洁净的。书卷上，如蝇头般细小的字密密层层，张莘卿都是亲自手抄。在一旁看着的人都已经厌烦了，张莘卿却天天低头伏案抄写不倦。有人问他："人活着应该及时行乐啊，你何必自找苦吃呢？"张莘卿听罢，笑着回答："各人有各人的爱好，我的爱好正在于此，读书写作带给我的快乐是其他任何快乐所不能代替的。"

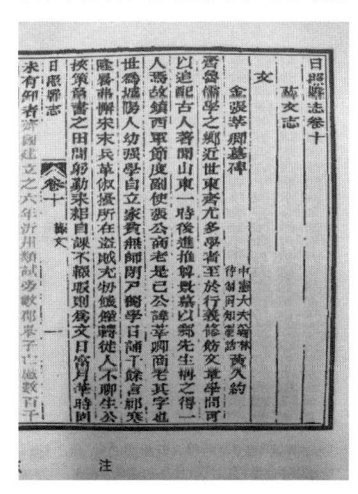

《金张莘卿墓碑》，出自清光绪十二年《日照县志》

张莘卿在河州任上时，河州守将手握强权，任意行事，或折辱同僚下属，或贪财肆无忌惮。某次，蕃部两方争当酋长，其中甲方符合担任酋长的规定，而乙方因向河州守将行贿而得到偏袒。甲方不服，搜罗证据提起申诉，反而被抓捕入狱。张莘卿不畏守将强权，坚持秉公处理这一案件，对案情曲直条分缕析。有人替张莘卿忧惧，张莘卿却说："我无愧于心，即使因此遭到横祸，也绝不退避！"由此，守将虽然无比愤恨，但也不得不在张莘卿公正严明的态度下收敛自己的行为。

张莘卿还曾被一位正将所轻慢。这位正将，自恃家族有权有势，认为张莘卿不过是个儒生，就不把他放在眼里，有时还欺侮张莘卿。但张莘卿从来不跟他计较。某日，有下属部将整理出这位正将的数十条罪过，声称要向上举报，实则是要以此为依据来离间正将同僚。部将揣测，张莘卿平日被正将欺侮，必定积攒了很多怨恨，得知此事一定非常高兴，还能对他们给予支持。结果，张莘卿看到这份材料后，明白了部将动机不纯，愕然变色道："人家有好的行为，咱们要称颂，不好的地方，咱们不能宣扬，这才是君子的用心、为人处世的道理，何况是对待同僚呢？"在张莘卿的再三劝导下，部将终于自惭形秽，终止了自己的计谋。

张莘卿勤俭、克己、慎独。不论居家还是在外，既不讲究车马粉饰，也没有器玩之好，平生从不为自己添置产业。

大定年间，张莘卿根据户部安排，受命输送军储至南京广济仓。公务结束后，有下属吏员按照惯例，赠送张莘卿百两白银。张莘卿不肯接受，笑着说："难道我贪图这些东西吗？"第二天，吏员又拿着一袋茶叶，跪在张莘卿的马前，诚挚恳求他无论如何要收下。张莘卿不忍心再拒绝，接受了这袋茶叶。但是，张莘卿打开茶袋一看，发现里面装得满满的全是钱钞。

张莘卿立即召回这个吏员，返还了这个装满钱钞的茶袋，并严厉批评吏员以这样的方式欺骗自己接收贿赂，义正词严地表明了自己的态度。

由此，大家终于心服口服，称赞张莘卿"廉不饰伪"——不是在外装出一副廉洁模样，背后却暗度陈仓；而是恪守廉洁之心，始终表里如一。

张莘卿不论是在未中科举时，还是致仕回乡后，都致力于对晚辈、后代的教育培养。他的门人、子孙中有十多人相继登科。其中，他的孙子张行简在金朝大定十九年（1179）考中状元。张行简学问精深、品行高尚，这不仅是个人努力的结果，更是祖父张莘卿耳提面命、亲自栽培的成果。就在张行简高中状元的这一年，张莘卿去世了，享年六十九岁。

时人都说，张莘卿的字画刚健秀美，有苏东坡先生的遗法；张莘卿的文章温润峻洁，就如同他的为人。

2. 日照县首位状元张行简
建书院启文风

张行简，字敬甫，是张莘卿的孙子。在家学滋养与家风熏染下，他刻苦读书，砥砺品行，于金朝大定十九年（1179）高中状元，官至礼部尚书（礼部长官，正三品）、太子太保（掌训导太子之官，正二

张行简画像，出自《海曲太平桥张氏族谱》

品）、翰林学士承旨（翰林学士院长官，从二品）。金朝贞祐三年（1215），张行简去世，谥号"文正"。他在家乡创建魁文书院，对日照的文化教育做出重要贡献，称得上是日照文脉传承之路上的"启明星"。

《金史》记载，张行简"颖悟力学，淹贯经史"。他聪颖、悟性高，学习刻苦努力，全面、深入地阅读经史书籍。一举考中状元，即是对他丰厚学养的最佳证明。张行简还涉猎多门学问，对经史、辞赋、礼仪、天文和术数等研究颇深，是一位博学之才。

金朝负责研究天文、确定历法的司天台，曾经更定了一套新历法，皇帝下诏由翰林学士院为新历法取名。张行简上奏，请求对这套历法重新校对、测试，等月食日期核准无误了，再为历法定名。于是，皇帝又下诏由党怀英等人校对历法，果然发现诸多错误。这套不准确的历法被及时废除。其后，张行简在历次升迁中，都兼有"提点司天台"一职，负责对司天台的工作进行提举、检点。泰和六年（1206），在《太一新历》颁行之前，皇帝下诏由张行简负责对其进行精细校正。

张行简著述等身，有文集十五卷、《礼例纂》一百二十卷。他所著的《人伦大统赋》，是一部集前代研究之大成的相术书，先后被收入《永乐大典》《四库全书》。清朝乾隆年间，纪晓岚总纂《四库全书》时，只收录了四部相术书，《人伦大统赋》名列第一位。纪晓岚在提要中称："行简世为礼官，于天文术数之学，皆所究心……其书专言相法，词义颇为明简。"

受父亲的言传身教，张行简与父亲同列礼官，在实践中一直践行和传承着儒家"礼"思想，是金朝儒臣士子的表率。熟悉历代礼制的他，对金朝的典章制度多所修正；他多次上书提出的合理建议，也均被采纳。他曾向皇帝建议：当朝虽已汇编了《国朝集礼》，但有关食货、官职、兵刑沿革等方面的资料尚未成书，应将其编成会要，流传后世。金章宗对他非常器重，曾称："每奏事之际，须令张行简常在左右。"

元朝于钦所撰《齐乘》称张行简"备于礼文之学，典贡举三十年，门生遍天下"。不仅如此，张行简对家乡日照的文化教育也做出了创始性贡献。他在日照县创办的"魁文书院"，是日照有文字记载的最早书院。

魁文书院位于日照城南十五里处，是一座规模可观的建筑群。据《海曲太平桥张氏族谱》记载，书院分东、西两院，有云瞿书屋、进修斋、养正斋、清默居、淡然居、序贤草堂、绾春园等建筑。张行简曾邀请四方学士来魁文书院著书、讲学，为日照文脉的发展掀起高潮。

张行简的府宅位于日照县城内十字街南，在多年后，成为日照官方书院所在地。不论是封建教育时期，还是科举制度废除后推行新学期间，又或是近代国民教育阶段，这块"文化宝地"成为日照教育事业绵延发展的"根据地"。

元朝至正十一年（1351），原张行简府邸被辟为县学。明朝嘉靖三十八年（1557），县学被迁到城东门外，原张行简府邸改为奎山书院，后来废弃。清朝康熙五十一年（1712），此处重建六一书院，后来也因颓坏而废弃。道光十八年（1838），日照县重建奎峰书院，并将颓坏的张氏家祠改为考棚西厅。来书院读书的学生主要有两类，一是已入县学的秀才，每月定期来书院听讲，并将所作文章、诗词呈送教授批阅；二是备考秀才的文童，常年在书院攻读，主要学习《四书》《五经》。自金朝立县以来，日照共中出 2 名状元（金朝的张行简、明朝的焦竑）。明清两朝，日照县考取了 49 名进士、175 名举人。对于一个僻居海隅的小县来说，这样的成绩难能可贵。

清朝末年，科举制度废除，新学推广。日照县立高等小学堂、县师范传习所等新式学校在奎峰书院创办。1924 年春天，日照县立初级中学也在奎峰书院宣告成立。这所学校，经历了战争年代的炮火洗礼与和平岁月的稳步推进，向全中国、全世界输送了大批优秀学子，如今名为"山东省日照第一中学"。

文脉泱泱。以张莘卿、张行简为代表的日照先贤所涌起的文脉高潮，穿过历史风霜，跨过沧海桑田，奔流至今。如今，在日照各处大中小学校园中，琅琅书声处处可闻，明媚笑容处处可见。明亮的教室里，一张张青春稚气的脸庞沉静而专注，广阔的校园外，一批批朝气蓬勃的少年正在走向未来……

3. "北方学者第一"许瀚

创立"照邑朴学"

许瀚（1797—1866），字印林，日照县大河坞（今日照市岚山区虎山镇大河坞）人，室名"攀古小庐"。他是清代著名朴学家、校勘学家、金石学家、方志学家和书法家，是日照县唯一在《清史稿》中有传的人。由许瀚奠基的"照邑朴学"，将日照文化推向了历史巅峰。

　　许瀚出身于读书世家，自曾祖起，四代都是读书人。6岁时，许瀚跟随以教书为业的父亲许致和在外就读。父亲一生嗜好读书，倾心于经学，尤其好《诗经》，80岁时依然治诵不衰。家学的浸润，给年少的许瀚埋下了爱读书、尚治学的种子，影响了他的一生。

　　除了家学熏陶，许瀚的学术之路也受到多位导师的引领。清朝嘉庆年间，乾嘉学派著名学者王引之担任山东学政，与年轻的许瀚有师生之谊。许瀚深受王念孙、王引之父子的影响，潜心研磨古文字和音韵学，扎稳了治学根基。道光五年（1825），许瀚28岁。他的诗文被山东学政何凌汉赏识，被选拔为贡生，又进而被纳入国子监

许瀚画像

读书。何凌汉视许瀚若子侄，认为他学品端方，是可造之才。在北京期间，许瀚与多位学者交往切磋，眼界逐渐开阔，学问日渐精深，在学界渐有声望。道光十九年（1839），常与他研讨金石拓本的好友龚自珍，曾以诗赞许瀚："北方学者君第一，江左所闻君毕闻。土厚水深词气重，烦君他日定吾文。"

　　在多方助益之下，勤奋刻苦的许瀚逐渐在许多领域积累出重要成果。

　　在文字校勘方面，许瀚曾校录《康熙字典》，点校《说文解字义证》，成就卓著。道光七年（1827），王引之出任武英

殿总裁，奉命重修《康熙字典》。经由王引之推荐，许瀚入武英殿校录《康熙字典》。四年后，字典修成。许瀚因为学养精深、工作勤奋，被授予六品"州同"衔。

《说文解字义证》是清代书法家、训诂学家、篆刻家桂馥耗费半生心血所著。原稿体量大、内容芜杂，抄本又各有异同。要将其刊刻成书，需要做大量的查证、校勘工作。许瀚曾三次担纲《说文解字义证》通校，历时近三十载，默默奉献，终于使这部大作问世。

在编史修志方面，道光二十年（1840），许瀚受聘赴济宁，主讲于渔山书院，并任《济宁直隶州志》的总纂，历时三年修成州志。同时，他协助编修的《济州金石志》也修成了。道光二十六年（1846），许瀚应河南总督之邀至清江浦增订《史籍考》，对章学诚等人之原稿进行细致订正。

第一次中英鸦片战争爆发后，基于内忧外患的国情，学术界更加重视广阔的边疆地区，形成了有名的西北史地学派，专门研究边疆的历史地理问题。当时，这一学派出版了数十部专著，许瀚都曾协助编辑、校勘、考证，做出了重要贡献。

在书法造诣上，许瀚尊奉颜体，他写的字丰肥端庄、遒劲雄健。在北京期间，世人争相求索。时至今日，保存在日照市境内磴山西峰上的许瀚书碑，正是他书法成就的代表作。

与学术成就和学术声望形成巨大反差的，是许瀚蹇涩的仕途和穷困的生活。许瀚38岁考中举人，4次进京会试皆没有考中进士。他只做过一任学官，但很快因丁忧而去职。许瀚还承担着扶持家族的重任。在母亲和继母先后去世的情况下，许瀚抚育四个年幼的弟弟长大成人。他还将贫穷的叔父母迎回家，如同孝敬父亲一般孝敬他们。堂兄弟去世后，许瀚亲自给侄子置房买地，娶妻成家。因此，许瀚一生没有多少资财。晚年时，贫病交加的许瀚不得不以卖字维持生活。

生活的窘迫、身体的疾病都没有挫败许瀚读书、校书和教书的热情。他努力节衣缩食，省下的银钱多用于购买书籍。为了印刻《说文解字义证》，他几经坎坷，负债累累。咸丰十年（1860），许瀚曾在日照县奎峰书院担任教授主讲，虽已重病缠身、卧床不起，他仍坚持于病榻前授课一载，每月阅卷四次。

咸丰十一年（1861），捻军过日照。许瀚耗费一生心血的《说文解字义证》板片和家中藏书、金石，在残酷无情的兵燹中尽皆被毁。这对许瀚是致命的打击，其悲惨无以名状。

藏书、读书、批书、校书、刻书、著书……书，伴随了许瀚终生。它们是许瀚的挚友，是许瀚的信仰。在生命的最后几年里，许瀚抑郁不已。1866年，许瀚病逝，年70岁。

许瀚生前，将日照义化推向了巅峰；许瀚逝后，他的学术成就泽被后人。整个山东境内的大家学者，几乎都与许瀚有过交往，日照的大批文人学士都曾受到许瀚学问的影响。晚年时，许瀚教导家乡后学，培养出"许门三弟子"：丁懋五、丁艮善、丁以此。丁以此之子丁惟汾是同盟会元老，同时，他受父亲影响，精研经史、文字、音韵，有《诂雅堂丛著》等百万余字的著作。许瀚的另一位徒弟王廷霖，在小学、金石方面造诣颇深，其子王献唐幼承家学，打下了深厚的朴学功底。自1929年起，王献唐担任山东省立图书馆馆长长达20年，为守护齐鲁文脉做出了卓越贡献。

由许瀚开源的这股来自日照的学术潮流，代代相承、不绝如缕，王献唐将其命名为"照邑朴学"。

4. "中华炮师"丁守存

研制中国近代首架火箭

丁守存

丁守存（1812—1883），字心斋，号竹溪，又号次海，晚年号竹石山人、石涛钓叟，日照县涛雒镇（今东港区涛雒镇东石梁村）人，清朝道光年间进士，历任户部主事、礼部郎中、军机处章京、广西乡试副主考、湖北乡试监试（3次）、湖北督粮道、两署湖北按察使司按察使加布政使衔。丁守存是晚清军事科技专家、近代军火工业的先驱，曾研制中国近代首架金属火箭，是中国最早的火箭专家。

清朝道光二十年（1840），中英鸦片战争爆发，清军连连败北。战争结束后，清政府被迫签订了《南京条约》。西方的坚船利炮和丧权辱国的不平等条约，令林则徐、魏源等最先"开眼看世界"的中国人，苦苦思索如何应对西方挑战，扶大厦之倾颓。魏源在其所著《海国图志》的序言中写道："是书何以作？曰，为以夷攻夷而作，为以夷款夷而作，为师夷长技以制夷而作！""师夷长技"说的提出，引发了学习枪炮、火药和火器制造的热潮，中国人开始了向西方近代科学技术学习的最初历程。

丁守存是"师夷长技"思潮的典型代表。其实，在鸦片战争爆发前，他就已经开始潜心学习西方的天文、地理、数学、物理、化学等自然科学。通过研究西学，丁守存对天文学的认识已经接近现代宇宙观。他在著作《造化究原·原气篇》中写道："日轮为天体中心，此外环日而虚悬轮转于气中，如地球之大，或数十倍，或不及地球之半，与之十之一二者，盖不知其几千万，如所见恒星、五星之类皆是。"这完全遵循了哥白尼的日心说。在地理学方面，他也已经突破了中国传统的"天圆地方"说，如《造化究原·撷余篇》说："观地球全图，水多土少，乃知大地全是水所包，固水与地球合一成为圆形。"同时，丁守存在《造化究原》中还解释了许多物理学的知识，如连通器原理、水压喷泉原理、阿基米德定律、凸透镜成像原理、物态变化等。

丁守存通过自学，掌握了西方先进的科学知识，并付诸实践，得出了蒸汽机、火炮、枪械、轮船、地雷等的制造原理。他写成了一部解释西方国家火枪制作方法的实用专著《西洋自来火铳制法》，用以解决清朝军队使用的长枪无法自动点火射击的问题。

当时，清朝军队所用的长枪得用火绳点燃，操作非常不便：一是需要频繁点火，二是若遇到刮风下雨的天气，则很难成功点火。落后的火器大大削弱了军队的战斗力。因为西方国家对自动点火技术采取保密措施，丁守存就仿照西洋火枪自行研制：一是研制雷管作为火器起爆装置，二是研制起爆药的合成方法。在试验过程中，他曾被镪水烫伤了眼睛。功夫不负有心人，经过兢兢业业的研究与多番试验，丁守存终于成功合成了起爆药——雷酸银，他也成为中国化学史上最早合成雷酸银的人。

从此，清军使用火枪时，只需要直接扣动扳机就可以发射了，军队战斗力大大提高。丁守存也因此被调到了军机处。

富有实干精神的丁守存继续钻研，地雷、枪械、火炮……他都能亲手制造。他曾发明一种叫"跳雷"的地雷，踏响后能自动跳起七八尺高，在空中爆炸，杀伤力极大。

丁守存将自己的学习和研究成果集结为多部著作，除了《西洋自来火铳制法》《计覆用地雷法》之外，魏源的《海国图志》还收录有郑复光著作的《火轮船图说》，这是郑复光参考借鉴丁守存的《火轮船简图》等著作研究而成。

丁守存在火器制造上最为高光的时刻，是研制成功近代首架金属大火箭。

火药是中国"四大发明"之一，火箭在宋代时就已被使用。但是，火药和火箭传到西方之后，西欧国家一跃成为世界火箭技术的研发中心，中国反而被远远甩在身后。当西方国家研制成功金属火箭，把来自中国的火箭技术提升到新的水平时，中国还在以纸筒或竹筒作为火箭外壳。英国在第一次鸦片战争中用来轰开中国大门的火器，是大炮和"康格里夫"火箭。据研究，"康格里夫"火箭是从中国古代火箭脱胎而出的一种新式火箭，比戚继光时代的火箭长了整整一倍。但是，清朝统治者不重视火药、火箭技术。康乾盛世时，火箭技术多被用作娱乐表演，甚至被嗤为"奇技淫巧"。

十九世纪五十年代，丁守存赴广西办理军务时，与福建的火器专家丁拱辰在桂林监造新式火炮、火箭、喷火筒、地雷等各式火器，两人被时人合称"南北二丁"。

丁守存与丁拱辰通力合作，根据"康格里夫"火箭样器成功研制由金属火箭筒构成的大型火箭，射程200余丈（660米），接近当时的国际先进水平，是中国研制近代火箭的开始。丁守存因此被尊为"中华炮师""中国近代火箭之父"。

5. 国民党元老丁惟汾

孙中山感慨"唯丁是赖"

丁惟汾（1874—1954），字鼎丞、鼎臣，是今日照市东港区涛雒镇官庄村人。他是同盟会元老、国民党创始人之一，与廖仲恺并称为孙中山的"左膀右臂"，孙中山曾称"唯丁是赖"。

丁惟汾的父亲丁以此，是清末秀才，师从日照籍朴学大家许瀚。在精研国学的同时，丁以此对民主共和思想颇为赞赏。书房的门上，张贴着他写的对联"欧风美雨留嘉客，古史今书课幼孙"；菜园的门上，也贴有"闲时铲平专制草"的门对。丁惟汾幼承父教，半耕半读，生活朴素，思想进步。

1904年，丁惟汾以官费赴日本留学。1905年，孙中山流亡日本，邀约各省留日革命学生集会，筹备成立中国同盟会，丁惟汾等代表山东留日学生出席。山东同盟会主盟人徐镜心等人返回国内开展革命活动后，继续留在日本的丁惟汾接任山东同盟会主盟人。

在东京，丁惟汾与蒋衍升创办了《晨钟》周刊，大力宣传同盟会的主张，阐发推翻帝制的必要性，"鲁东西各校少年因之入党者日众"。在同盟会吸纳的400余名留日学生中，山东籍学生就有五十余人。孙中山曾感慨"唯丁是赖"。

1907年春天，丁惟汾回国，就职于山东法政专门学校。在此期间，他秘密发展同盟会会员，建立基层组织，培养了大批革命志士。民主革命家王乐平正是在此期间加入了同盟会。1911年10月，武昌起义爆发，各省纷纷响应，相继宣告独立。在山东，丁惟汾联合革命党人组织山东各界联合会，迫使山东巡抚孙宝琦宣布独立。在袁世凯及其党羽的破坏下，山东独立旋即被迫取消。丁惟汾前往上海，与黄兴会商，请示对策，请求援助。南京临时政府为了挽救北方革命，决定五路进兵北伐，其中一路即进兵烟台。丁惟汾偕同北伐军奔赴烟台，给烟台及胶东各地的武装反清斗争以巨大支持。

1912年，中华民国成立。8月，同盟会改组，丁惟汾受命为山东省党部理事，负责全省党务。年底，改选省议会，选举国会议员，丁惟汾当选为众议院议员。在国会中，宋教仁、丁惟汾、徐镜心等国民党议员同袁世凯的专制独裁进行了坚决的斗争。袁世凯一意孤行，对革命党人大加挞伐，悍然杀害国民党首领宋教仁、山东革命党首领徐镜心等人，又在1914年解散国会。

为免遭敌人迫害，丁惟汾返回到家乡避居，但他并没有置身于斗争之外。期间，他支持外甥薄子明护国倒袁，发动山东各地同时起义。1916 年，袁世凯病亡，国会重开，丁惟汾赴京议政。第二年，北京政权又落入段祺瑞之手，国会解散。孙中山在广州召集"非常国会"，成立军政府，他南下襄助，选孙中山为大元帅，展开护法之役。

1918 年，丁惟汾赴上海组织建设社，领导一个半公开的国民党党部，创办《北方周刊》，秘密向北方发行，被称为"独撑上海"。黎元洪为笼络议员，曾为丁惟汾颁发二等嘉禾章，被他严词拒绝："须知卑劣手段可以施诸蝇营狗苟之徒，不得辱及砥砺谦遇之夫。鄙人清白自矢，守身如玉，勿以亢规之尘，来污我之心也。"

此后，丁惟汾大力协助孙中山改组国民党，发展国共合作的局面。1924 年 1 月，国民党一大在广州召开，丁惟汾当选为中央执行委员。会后，他奉命主持设于北京的国民党北方执行部，与共产党人李大钊合作共事，担负起北方国民党的组建工作，仅在 1924 年就发展了 14000 多名党员，山东一省就占 2000 多名。丁惟汾、李大钊因此深为北方党人所敬重。后来流传的"蒋家天下丁家党，陈家一门三部长"中的"丁家党"，指的就是这段历史。

丁惟汾是同盟会元老，长期主持北方党务，对国民党的创建与民国的成立功绩颇大。后来，随着与蒋介石志不同、道不合，丁惟汾逐渐淡出政坛，虽仍担任上层职务，但也只是保留一个"党国元老"的虚名。更多时间里，他深居简行，潜心从事学术研究。

1949 年，丁惟汾已 76 岁。为了保护下属们的前途，他不得已被裹挟着去了台湾。临走前，他曾对家人说："我要不是身体不好，现在不是往南走，而是往北走。" 1954 年，丁惟汾因脑溢血病逝，终年 81 岁。

从政之外，丁惟汾继承父亲遗志，精研音韵学，著有《诘雅堂丛著》六种。他还主编了《山东革命党史稿》，此书保留了辛亥革命时期山东同盟会和革命活动的珍贵史料，对研究辛亥革命运动史有较大的参考价值。

6. 著名物理学家丁肇中

中文亮相诺贝尔奖

"国王、王后陛下，皇族们，各位朋友"……

一串流利的中文在斯德哥尔摩音乐大厅响起……这里正在举行 1976 年诺贝尔奖颁奖仪式。正在发表演说的，是获得本届诺贝尔物理学奖的科学家丁肇中。高大挺拔的丁肇中不卑不亢、自信从容——他是继李政道、杨振宁之后又一位站上诺贝尔奖颁奖台的华人，也是诺贝尔奖历史上第一个使用中文作获奖致辞的人。

按照惯例，诺贝尔奖获奖者应以本国语言发表演说。丁肇中是美国公民，却在颁奖典礼举行之前通知瑞典皇家科学院，他将用中文进行演讲，并亲自翻译。这一消息见报后，美国驻瑞典大使找到丁肇中，以"中美关系不佳"为由，阻挠他使用中文。丁肇中的回复直截了当："这件事情你们管不着，我愿

世界著名物理学家、诺贝尔奖获得者丁肇中于1976年领取诺贝尔奖的情景（右一为瑞典国王）

意用什么文字就用什么文字。"

丁肇中深知，中文是世界上最重要的语言之一：中国人口占世界人口的五分之一；中华民族在历史上创造了辉煌灿烂的文明，为世界科学发展做出了重大贡献。尽管颁奖现场的绝大多数人听不懂他在说什么，但是全球同步广播能让更多中国人听到、听懂他的话语。丁肇中愿意为此而努力。

"得到诺贝尔奖，是一个科学家最大的荣誉。我是在旧中国长大的，因此想借这个机会向发展中国家的青年们强调实验工作的重要性。"

丁肇中的故乡在现在的日照市东港区涛雒镇。涛雒丁氏家族在明末至民国时期，是日照第一名门望族、山东省著名科宦世家。丁肇中的父亲丁观海在青少年时，曾与同在济南读书、工作的几位同乡创建了中共外围组织"少年日照学会"。后来，丁观海深耕土木工程专业并赴美留学，成为著名的土木工程学教授。丁肇中的母亲王隽英是辛亥志士王以成的女儿。1912年，王以成在诸城起义后被俘遇难。他的同道、来自涛雒丁氏家族的国民党元老丁惟汾将王隽英收为义女，并帮助她完成学业，赴美深造。

在美国读书期间，丁观海与王隽英喜结连理。1936年1月，因为王隽英意外早产，出生在美国的丁肇中成了美国公民。三个月后，襁褓中的丁肇中被母亲王隽英带回中国，与先期回国的父亲丁观海团聚。

"中国有一句古话，'劳心者治人，劳力者治于人'，这种落后的思想，对发展中国家的青年们有很大的害处。由于这种思想，很多发展中国家的学生都倾向理论的研究，而避免实验工作。"

回国后的丁肇中在战乱中度过了辗转奔波的童年。他跟随父母去过很多地方，却没有接受过正规的小学教育。从中学开始，他发现，自己最有兴趣的学科是数学、物理和中国历史。1956年，他从台湾赴美国密歇根大学攻读本科学位。开始时，他学的是工程，一年后，导师根据他的成绩单建议他转学物理或数学。他听从建议，用三年时间拿到了物理和数学的本科学位，又用三年时间拿到了物理学博士学位。

刚开始学物理的时候，母亲王隽英曾对丁肇中提出质疑。她认为，学物理需要有很强的天分。但丁肇中坚定表示，人在世界上只能活一次，他应该按照自己的兴趣度过自己的人生。

此时的诺贝尔奖颁奖大厅里，观众席上正坐着父亲丁观海和丁肇中的妻子。母亲王隽英早在1960年就已去世，她没能看到自己当年的质疑是个"错误"。但母亲留下的箴言正在被丁肇中认真践行——"爱科学，爱祖国，双爱双荣"。

"事实上，自然科学理论不能离开实验的基础，特别物理学是从实验中产生的。我希望由于我这次得奖，能够唤起发展中国家的学生们的兴趣，而注意实验工作的重要性。"

在母亲逝世的那一年，丁肇中以助手身份参与了马丁·佩尔教授（MartinL.Perl）的实验。一位著名的实验物理学家也曾对他说，要成为一名理论物理学家，必须要极为出色，否则毫无用处；而成为一名实验物理学家，即使做不到极为出色，也可以为科学做出贡献。这些经历促使丁肇中的志向从理论物理学转为实验物理学，并开始在这一领域中拾级而上，快速登顶。

1974年，一项不受物理学界欢迎的实验让丁肇中找到了第四种夸克——"J"粒子。这一发现，推翻了过去认为世界只由三种夸克组成的理论，为人类认识微观世界开辟了一个新境界。丁肇中因此获得诺贝尔物理学奖。

此番获奖致辞，正是丁肇中多年从事实验工作的心得：做基础研究要坚定信心，不要因为多数人的反对而改变你的兴趣，理论若没有实验的证明则毫无意义。旧的理论被实验推翻，新的理论通过实验产生，科学因此才能不断进步。

丁肇中的致辞结束了。在长时间的热烈掌声里，他从瑞典国王手中接受了荣誉奖状、金质奖章和奖金。丁肇中知道，观众席里的父亲一直在微笑注视着他。他记起打小就与父亲展开的争论：父亲常说要效法"古圣先贤"，但他却认为，学习前人固然重要，可是科学的发展是要勇于打破前人的观念。丁肇中很清醒，获得诺贝尔奖不是终局，他要一直不停地向前走。

丁肇中也的确是这样做的。接下来，他继续通过实验探索世界——发现胶子，在欧洲核子中心开展 L3 实验，在国际空间站开展 AMS 实验……47 年后的今天，已近 90 岁高龄的他仍然带领着国际合作团队探寻宇宙深处的秘密。他在诺贝尔奖颁奖仪式上坚持使用中文致辞的行为也产生了长远的回响：从 1977 年起，一直有中国科学家参与丁肇中的实验项目，他始终在用积极的行动为中国高能物理学人才的培养而不懈努力。

二

红日照耀　本色永恒

日照是山东省成立中共党组织较早的地区之一，是沂蒙革命老区的重要组成部分、滨海战略区的中心、沂蒙精神的重要发源地。日照这片土地上，走出了王尽美、宋平等著名中共党史人物。罗荣桓、陈毅、徐向前、谷牧、张鼎丞等老一辈革命家都曾在此工作战斗过。新民主主义革命时期，日照地区先后有3.8万人参军、44万人次民工支前，6000多名优秀儿女壮烈牺牲。新民主主义革命时期，日照人民在党的坚强领导下，以追求民族独立、人民解放为己任，勠力同心、浴血奋战，为夺取抗日战争、解放战争的胜利做出了不可磨灭的贡献。新中国成立后，广大党员干部秉持初心、牢记使命，为实现国家富强、人民幸福，埋头苦干、勇毅前行，取得了一个又一个辉煌成就，用鲜血和汗水绘成了一幅幅感天动地的壮丽画卷。

（一）丹心永驻

"人生自古谁无死，留取丹心照汗青"。有着光荣革命传统的日照儿女英勇斗争、前仆后继，将一颗颗丹心抛洒在为中国人民谋幸福，为中华民族谋复兴的大道上。这其中，有中共一大代表、山东党组织创立者王尽美，在祖籍地唤起民众；有理想先觉的革命青年尹景伊，高擎反帝大旗，血洒五卅运动；有中共日照党组织主要创始人安哲、郑天九，"用鲜红的、沸热的血，筑起一座虹的桥"……千万颗丹心化作一团灼灼燃烧的红日，永远照耀着这片土地。

日照市抗日战争纪念馆

49

1. 中共一大代表王尽美

在祖籍地唤起民众

中共一大代表、山东党组织的创始人王尽美，原名王瑞俊，是山东莒县大北杏村（今属诸城）人。他的祖籍地是现在的日照市五莲县高泽镇后张仙村。王尽美对祖籍地怀有很深的感情，生前，只要有机会返乡或路过此地，他总要回来看望乡亲。他也不遗余力地将革命火种播撒在祖辈世代生活过的这片热土上。

王尽美

1918 年，20 岁的王尽美考上了山东省立第一师范学校。在济南求学的他，积极参与着革命活动，较早地接受了马克思主义，站在了五四运动斗争的最前沿。

1919 年暑假，作为济南学生联合会的代表，王尽美同几名学生骨干回到家乡开展运动。他曾到诸城县城、枳沟等地，宣传五四运动，讲解"国家兴亡，匹夫有责"的道理。他还对枳沟高等小学学生王蔚明（今五莲县许孟镇西楼子村人）等爱国学生，详细讲述了北平学生火烧赵家楼事件、济南学生的爱国反帝活动和组织学生会进行斗争等大量事实。他说："人民要想得到民主、和平、幸福，必须再来一次革命。只有对内打倒军阀，对外废除不平等条约，中国才能复兴。"

1920年春天，王尽美回到了后张仙村，继续开展革命宣传活动。他以祖辈、父辈曾居住过的前河崖老屋作为活动中心，用亲身经历和现实情况为例证，痛斥封建主义、帝国主义给中华民族和中国人民带来的灾难，激发大家掀起反帝反封建的爱国运动。

他给"穷爷们儿"介绍五四运动的情况，告诉大家：新文化运动是一股思想解放的潮流，马克思主义能够解救中国……他先后把摆地摊的王庆增，卖豆腐的王升周，做木匠活的王兴智、王连安、王福佑，"扒盆扒罐"的王兴昶，开油坊的王志天，开中药铺的王老八以及盲人先生赵氏等人联络起来，时常组织他们在后张仙村的大集上发表演说，宣传革命思想。王尽美自编节目，弹着三弦，由盲人赵氏的妻子王在南演唱，用这种老百姓喜闻乐见的形式宣传革命真理。

不逢人集的时候，王尽美就利用走亲访友的机会启迪乡亲们的思想觉悟。在他的引领下，邻村的不少人也加入了他的宣传队伍，比如窑头村的王仁之、赞子崖村的王乃瑞（字鸣霜，原杨虎城的秘书），他们相继在本村成立了宣传队。王尽美带领王庆增、王仁之、王乃瑞等宣传骨干先后前往板石河、于里沟、茅埠、石榴沟、东莞、官庄、崮山后等村庄，足迹遍布整个莒北县的南部和西北部，以惊雷般的"呐喊"唤醒了许多尚在"沉睡"的劳苦大众，激发了他们的爱国热情，促使他们认清腐败政府的卖国求荣与帝国主义的狰狞面目，为轰轰烈烈的农民运动播下了革命的火种。

1921 年春天，王尽美与邓恩铭等人秘密建立济南共产党早期组织。7 月，王尽美、邓恩铭出席了中国共产党第一次全国代表大会。中国共产党诞生了，中国革命从此有了坚强的领导力量。王尽美深受鼓舞，他在给王庆增的信中以诗言志："贫富阶级见疆场，尽善尽美唯解放。潍水泥沙统入海，乔有麓下看沧桑。"他看到，唯有求解放的共产主义事业才是尽善尽美的伟大事业。从此，他将自己的名字王瑞俊，改为王尽美。

王尽美义无反顾地投身于壮阔的革命事业之中。1922 年 1 月，他参加了共产国际在莫斯科召开的远东各国共产党及民族革命团体第一次代表大会。从苏联回国后，他积极贯彻大会精神，广泛宣传苏维埃俄国，努力推动革命运动的发展。6 月，他组织成立了中国劳动组合书记部山东支部，并担任主任。这时期，他曾返乡到外祖母家中（今五莲县辉沟子村），利用探亲的机会，向家乡青年讲述了赴苏俄的见闻，同时指出：中国人民只有团结起来走俄国的道路，才能推翻剥削制度，建立起美好的社会。有一次，王尽美到东云门村（今属五莲县）看望启蒙老师张玉生先生，向老师讲述了自己在苏俄的见闻，展望将来中国革命成功后人民当家做主的美好生活前景，使张玉生及在场的人很受启发。随后，张玉生在当地不遗余力地传颂苏俄社会主义的情况，唤起了更多进步青年的思想觉醒。

王尽美的两个儿子，分别名为"王乃征""王乃恩"。他为孩子起名时，遵照的是后张仙村邻村赞子崖同辈的排行——"乃"。"王乃征"意为沿着革命征程继续前行，"王乃恩"

意为永远铭记祖国和故乡的养育恩情。

王尽美为革命事业倾尽心血，不懈奋斗。在他短暂的一生里，他的革命足迹遍布莒县、青岛、济南、北京、上海、苏联等很多地方。不论走得多远，他都没有忘记，在他的故乡，有千千万万的劳苦乡亲，等待着去启迪、去回馈、去解放。他为故乡播撒下的革命火种，也渐渐形成燎原之势，熊熊燃遍了莒州大地。

2. 五卅英烈尹景伊

青春热血沃华夏

1925年5月30日，震惊中外的五卅运动在上海爆发，并很快席卷全国。这是中国共产党领导下的一次规模空前的反帝爱国运动，标志着大革命高潮的到来。其间，有一位20岁的革命青年高擎大旗，面对帝国主义的枪口临危不惧、英勇斗争。在生命的最后一刻，他仍在呼喊："打倒帝国主义！"

他就是日照籍同济大学学生尹景伊。

尹景伊，字希农，1905年出生在上海。今日照市东港区涛雒镇张家廒头村人，辛亥革命后，尹景伊一家回到日照县。1920年，父亲在临终时叮嘱尹景伊，要学习经商，既可补贴家用，日后亦可自立。那时，五四运动正风起云涌，新文化、新思潮滚滚

尹景伊

53

而来。尹景伊的志向，不在经商而在求学，他暗下决心：一定要读书救国。

1921 年，尹景伊考入上海同济医工专门学校（同济大学前身）机师科。面对列强步步入侵，军阀连年混战，百姓苦不堪言的残酷现实，他渐渐意识到，只靠读书是挽救不了民族危机的。一颗革命的种子，开始在他心里生根发芽。

尹景伊在努力学习各门功课之外，如饥似渴地学习革命理论，积极参加社会活动。他在给兄长的家书中说："弟以国是日非，良用尤伤，勤读亦为国耳，国亡则读何益！""国势阽危，大难将至，救死起衰，责在青年……此身无累，将来能为社会做一点事业，亦正不负此生。"英姿少年，血气方刚，字字句句映放出救亡图存的赤诚之心。

1924 年暑假，尹景伊来到青岛四方机车厂参加工人活动。那时，王尽美、邓恩铭正在这里从事革命宣传，组建党团组织，工人运动开展得如火如荼。尹景伊听了王尽美、邓恩铭慷慨激昂的演讲，深受启发，整个暑期"逐日往与工人操作，晨出暮归，虽酷热不辍"，与工人结下了深厚的感情，进一步认识到知识分子与工人群众结合的重要意义。

1925 年初，经共产党员邓中夏、恽代英介绍，尹景伊加入共产主义青年团。5 月 4 日，同济大学学生会重建，尹景伊被推举为学生会执行委员会委员。同时，党组织决定让即将毕业的尹景伊提前离校，回到山东开展工作，担任共青团青岛地委负责人。

5 月 15 日，上海发生了日商纱厂资本家枪杀中国工人、共产党员顾正红并打伤十余名工人的流血事件。在中共中央的发动下，上海的工人、学生于 30 日举行了大规模的反帝示威活动。正准备动身前往青岛的尹景伊积极参加了这一活动，并被推举为领队之一。

30 日上午 8 时，尹景伊率领着由工人和学生组成的游行队伍，从淞沪铁路乘小火车南行，到达天通庵车站。和其他队伍会合后，他们共同向浙江路、南京路路口行进。一路上，尹景伊率领大部队高呼口号，挥舞小旗，散发传单，张贴标语。在永安公司门前，尹景伊向围聚的人群进行演讲，悲愤述说着日商纱厂枪杀工人顾正红的经过。

下午 1 时许，当得知 100 余名工人和学生被英国巡捕关押在南京路老闸捕房的消息时，为营救难友，尹景伊率领数千人的队伍挺进南京路，齐集老闸捕房门前，强烈要求释放被捕的中国人。

此时的南京路上已是人山人海，"打倒帝国主义！""为顾正红报仇！""废除不平等条约！"等口号声响彻云霄。英国巡捕如临大敌，摆出半月形的阵仗，个个手拿马枪对准赤手空拳的中国人民。面对敌人的枪口，爱国群众没有后退。尹景伊站在队伍前列，高声质问："中国人在自己的土地上演讲，究竟犯了什么罪？"

双方相持到下午 4 时，捕房坚决不放被捕工人和学生。示威人群愤怒到了极点，早有戒备的英国巡捕却悍然向手无寸铁的人群开枪。顷刻间，枪声大作，子弹横飞，几名学生中弹倒下，南京路上血腥浓烈……看到同学陈宝聪受伤倒地，尹景伊抢步上前为其救护。巡捕随即向尹景伊瞄准开枪，子弹击中他的后背，贯穿肺部，血流如注。尹景伊倒下时，口中犹在高呼："宣传！斗争！打倒帝国主义！"年仅20岁的尹景伊英勇牺牲，实践了他"宁为国家而死，不为惜身而生"的铮铮誓言。

这就是五卅惨案。

五卅惨案爆发后民众集会游行

尹景伊是同济大学历史上第一位烈士。同济大学教职工、学生在码头救生局为他入殓，并扶柩游行。惨案的发生，激起了全国人民的公愤。在中国共产党的推动下，五卅运动的狂飙很快席卷全国。广大的工人、学生和工商业者，在各地举行游行示威和罢工、罢课、罢市活动，形成了反帝爱国运动的高潮。

噩耗传到日照，县内群众无不义愤填膺。他们分别在尹景伊的家乡张家厫头和县城举行了隆重的追悼大会，并成立"沪案后援会"，有农民、商人、学生等各界群众共几千人参加。

在青岛，学生联合会及各界人士集会追悼尹景伊烈士。大家共同宣告着对英雄的景仰和同仇敌忾的决心。

　　1931 年，日照县以英国赔款为基金，以尹景伊祖宅为校舍，建立了一所小学，命名为"景伊小学"。1985 年，同济大学在纪念五卅运动 60 周年时，在校园内树立了一座汉白玉尹景伊烈士像。雕像前，青春的身影来往穿梭，伴随着书声琅琅。尹景伊的生命刻度定格在了 20 岁，但他的青春热血永远滋养着一代代青年的前行之路！

3. 中共日照党组织主要创始人安哲、郑天九

血染雨花台，热血造虹桥

　　1928 年春，安哲、郑天九等共产党员冲破白色恐怖，成立中共日照县委，秘密发展党员，开展农民运动。在他们的领导下，1932 年 10 月 13 日，一场血雨腥风的农民武装暴动席卷日照大地。暴动历时 13 天，作战 30 余次，沉重打击了敌人。

　　10 月末，凛冽的秋风扫射着日照大地。反动势力正在搜查着每一户农家、每一口山洞、每一处坟茔……挖地三尺一般寻找日照暴动队员。他们还贴出悬赏告示，凡是能抓住安哲、郑天九等暴动领导人的，赏一千块大洋。

安哲（1906—1934），原名安丰铎，日照两城镇安家村人，中共日照县委第一任书记

此时，安哲、郑天九已经乔装打扮，冲破层层封锁线，辗转离开了日照。"抛头颅，洒热血，有什么难的！"安哲曾在日记中这样写道。经历了九死一生的他们，依然选择了为民族救亡图存继续革命，继续战斗。

安哲去了东北，化名王德海，担任中共奉天特委宣传部部长。他以拉洋车为掩护，日夜奔忙于抗日宣传。他主办的机关刊物，宣传共产党的抗日主张，动员人民群众参加东北义勇军，反对日本帝国主义侵略与日伪政权的统治。

郑天九前往北平，化名丁九，在中共北平市委领导下从事党的地下工作。他奔波于铁路线上，不分昼夜地在各趟列车里运输、散发宣传品。

然而，仅在数月之后，安哲、郑天九先后被叛徒出卖。

1933年6月，安哲被日本宪兵队伍逮捕关押。敌人对安哲进行了一个多月的刑讯逼问，安哲几次三番被毒打，但他始终没有透露党的任何机密，没有暴露自己的政治身份。

7月，北平市委负责人被捕叛变。郑天九意识到，他们的地下活动马上会被敌人察觉。他连续两天三夜不停奔走，通知同志们抓紧隐蔽，却因此延误了自己安全转移的时机，不幸被捕。

面对敌人的威胁利诱和严刑拷打，郑天九做出了和安哲一样

郑天九（1905—1933），日照后村镇山字河村人，中共日照县委第一任宣传部部长

坚毅的选择——他没有透露北平共产党组织的任何情况。1933年10月19日，在南京雨花台，郑天九和另外几名共产党员一起英勇就义——真正的共产党员从来不惧怕死亡，他们随时准备牺牲。

在奉天，日本宪兵队将安哲转交伪奉天法院。在阴暗、封闭的监狱里，安哲如同一道光照了进来：已受过酷刑的他仍然高挑、英俊；他能诗善文，待人热情；他给难友们讲述革命故事，领学进步书刊，宣传党的思想……为了争取放风时间，不被折磨虐待，他带领难友们进行绝食斗争，直至胜利。牢狱里，如低吼一般的歌声常常响起："满腔的热血已经沸腾，要为真理而斗争……"这是安哲在教唱《国际歌》。哪怕已经身陷囹圄、倍受迫害、疾病缠身，他仍在英勇战斗。

1934年冬天，安哲在奉天监狱逝世。他与郑天九牺牲时都是28岁。

90年的时光过去了，在安哲的家乡，孩子们在以他的名字命名的学校里读书，人家都会吟诵他的诗："用鲜红的沸热的血，造成一座虹的桥……"在郑天九牺牲的南京雨花台，长明灯里的火焰长烧不灭，如同革命先烈的精神代代不息。

4. 毁家纾难的王玉璞

不会享福的"败家子"

王玉璞，生于1890年，原名王楷，字玉璞，是莒县小店镇前山头渊村人。王玉璞的家族曾在贫困线上苦苦挣扎多年。

后来，父亲带着王玉璞兄弟通过种地、开药铺、经营酒坊、染坊和油坊，逐渐积累出厚实的家业，其堂号"福兴东"在当地工商界很有名气。

王玉璞守着来之不易的家业，本可以过上富裕安逸的生活。可是，"叛逆"的他"不务正业"，总是"挥霍无度"，被乡邻们称为"败家子"。

1922年，王玉璞在本村创办小学堂，周围10多个村的学生都可以来读书。他用自家的房子当作教室，不论是请教师、买课本、置教具还是发奖品，所有费用都由他负担。1927年，刘黑七等匪部由沂水东犯，大肆抢掠。王玉璞倡议成立大刀会，维持地方治安，并将他分家所得的染坊作为大刀会的训练场地。匪徒闻风而惧，不敢前来骚扰。

七七事变后，王玉璞抱定"宁作战时鬼，不当亡国奴"的信念，积极投身抗日斗争，在1937年底加入中国共产党。他多次变卖家产资助八路军，并组织抗日队伍，为打敌人、保家乡奉献了全部心血。

1938年2月，日军入侵莒县，他动员家乡48名青年参加八路军，并在本村设交通联系点，接待过往的八路军，所有接待费用均由他提供。他在染坊运营上毫不留心，却无偿为八路军染军装，设铁匠炉为部队打造"鬼头刀"。

这年秋天，八路军山东人民抗日游击队第二支队东心河办事处决定建立会门总团。王玉璞任总团长，发动群众组建抗日武装。在此期间，他动员许多亲属投身革命，并慷慨解囊，仅一次就向第二支队办事处捐助700多银元。1939年，八路军驻鲁东南部队尚无医院，他主动将伤病员接到自己家中医治护理，并负担全部医疗费用。

在地方党组织的支持下，王玉璞又成立自卫常备队，任大队长，并变卖田产，购买枪支，装备常备队（后改编为八路军山东纵队第二旅第六团三营，王玉璞任营长）。此后他率常备队与八路军山东游击队二支队配合，活跃在前山头渊一带，经常袭击敌伪军，共进行战斗数十次，在对敌伪顽的斗争中发挥了很大作用。当时，部队军需多是临时筹集，且很不稳定。每当部队在前山头渊一带活动时，王玉璞便自家承担部队给养。有时家中存粮不够，他就以田产作抵押，向其他富户借支；或者卖地购粮，充作军需。即使兄弟部队粮食供应有了困难，他也同样帮助解决。

为了支援抗日前线，王玉璞家中的上百亩土地被变卖得寥寥无几，只剩下一处染坊还在辛苦支撑着为八路军制衣厂染布。可王玉璞仍然用自家的钱去青岛给部队购买最好的染料。他还曾立下家规，面粉和鸡蛋这两样食品，自家的大人和孩子一律不准吃，全部都要留给八路军的伤病员。他的兄弟骂他"败家""潮"（方言，意为"傻"），有的乡邻也讥笑他，但他不以为然，说"国将不保，何谈有家？"

王玉璞不仅"败家"，还不会"享福"。为了将省下的钱留给部队，好抽烟的他舍不得买旱烟，而是在黄豆地里捡晒干的叶子当烟抽。他和战士们吃的干粮都是穄子煎饼，穄子像糠，是最差的粗粮，做成的煎饼卷不起来又很难吃；吃的菜是地瓜秧子，稍微加点豆渣；喝的水是山沟里的河水。有人问王玉璞：

"这样的苦你也受得了？你可是吃香喝辣的荏儿（人）呀！"王玉璞却一笑，道："天降大任，这点苦算啥？"

敌人对王玉璞和他领导的抗日武装恨之入骨，想方设法地对其进行破坏，前后洗劫前山头渊村10余次。王玉璞率部队通过齐家沟战斗、中马坡战斗狠狠打击了伪顽军。1941年皖南事变后，部队奉命南下支援新四军。由于敌伪的残酷"扫荡"，部队战斗频繁，后勤供应极度困难。上级决定调任王玉璞为团供给处副主任，负责全团的军需供应。接任后，在地方党组织协助下，他带着战士大力筹集粮款、军鞋、弹药等，使部队军需得到很大改善，同时还为部队输送新战士60多人。

1941年7月，王玉璞调任莒中行署主任。8月12日，国民党反动派到横山一带骚扰，抢掠老百姓的粮食。为了保证粮食不落入敌手，王玉璞亲率莒中大队迎击顽军。因敌我力量悬殊，交战至中午时，王玉璞强逼战士们先行撤离，自己打马飞奔引开敌人，不幸中弹牺牲。

王玉璞牺牲后，王家既没有钱来置办棺材，也没有棉衣为其入殓。这位"不会享福的败家子"，终于用51年的生命，"败光"了所有的家产。不仅如此，他还将自己的妻子、儿女和多位亲属拉入了革命阵营，有10人加入了中国共产党。他曾对家人说："磨转千遭脐不动，跟着共产党干革命，这条路咱们走定了！"

为了纪念王玉璞，1946年1月1日，莒县人民在蟠龙山烈士陵园立起一座纪念塔，塔上题词："为人民忠仆，乃祖国长城。"高高的塔碑直插入苍松翠柏，宛如王玉璞高尚无私的品格永远值得后世景仰！

5. 独臂文人尹仲岩

勇士血洒丝山之巅

尹仲岩，今日照市奎山街道夹仓二村人，生于 1920 年，先天右上肢残疾，体质孱弱。但他禀赋超常，意志坚强，决心干一番事业。

1939 年，尹仲岩加入中国共产党，曾先后担任涛雒区青救会长、区委宣传委员等职，经常只身深入敌占区，开展革命工作。1942 年，尹仲岩调任莒南县板泉区委书记，后调至滨海地委宣传部工作，1945 年 5 月，任日照县委宣传部部长。

1947 年 8 月，国民党军队占据石臼所一带，还乡团乘机大肆进行反革命报复。尹仲岩不畏艰险，亲自带领干部、民兵深入敌占区，坚持对敌斗争。

9 月 5 日上午，尹仲岩带领武工队员在土改落后的沙沟乡大沙沟南岭，执行监视敌人的任务，突然遇到"还乡团"刘嘉山一伙从丝山顶上往下走，双方即展开了激烈战斗。区武工队由于所处地形不利，被迫转移。转移途中，尹仲岩不幸被捕。

在敌人面前，尹仲岩毫不屈服。敌人无计可施，便用绳子绑着他的脚和胸部，用扁担抬着向丝山顶走去。为了残酷地折磨他，敌人每走几步就将他向地上猛地一摔，跌得他全身就像碎了一样。本来就体弱多病的他，被敌人折磨得数度昏迷。敌人将他抬到山顶后，尹仲岩还是态度坚决。恼羞成怒的敌人便用棍子打，枪口拧，石头砸，打得尹仲岩遍体鳞伤，血溅满地。

但他依旧宁死不屈，坚决不向敌人低头。

刘嘉山气急败坏，再次命令手下的匪徒用棍棒、石头、扎枪乱打、乱刺尹仲岩。有一个匪徒用扎枪将尹仲岩的臀部深深地刺了一枪，顿时鲜血直流，尹仲岩昏死在血泊中。敌人在慌忙逃窜时，又向他血肉模糊的躯体打了数枪。身残志坚的尹仲岩，为了革命和解放事业，流尽了最后一滴血。

尹仲岩牺牲后，中共日照县委为他开了追悼会。中共滨海地委追认他为模范共产党员。

6.“人民的母亲”范大娘

母送三儿上战场

“最后一碗米，用来做军粮；最后一尺布，用来做军装；最后的老棉袄，盖在担架上；最后的亲骨肉，送去上战场……”这段唱词出自江苏梆子现代戏《母亲》。这部戏剧中“母亲”的原型，是山东日照的范大娘。从抗日战争到解放战争，范大娘先后将三个儿子送进革命队伍，并以巾帼之勇投身革命大后方，被誉为“人民的母亲”。

范大娘（1895—1961），本姓李，原名李秋荣，出身贫农，是今日照市东港区奎山街道牟家小庄人，19岁那年嫁到傅疃村范家。范家一贫如洗，全靠范大娘和丈夫给地主打短工、扎觅汉维持生计。她为人正直、善良、有骨气，讨饭时，宁可饿得走不动路，也绝不偷拿别人地里的一棵小菜。

抗日战争爆发后，范大娘的长子范崇仕，不甘忍受饥饿和

64

贫穷，瞒着父母参加了革命。范大娘想念出走的儿子，一边讨饭一边打听儿子的下落。辗转数百里路，她终于在一个远房亲戚的帮助下找到了参加革命的儿子。得知范崇仕正在为了让穷苦人民过上好日子而秘密斗争时，范大娘感到莫大安慰。同时，她受到儿子的启发，明白了这样一个道理：穷苦的中国人民，只有跟着共产党打败日本侵略者，才能过上好日子。

1939年，范大娘又把二儿子范崇相送去参加了八路军。当时，她的丈夫身患重病，家中生活难以维持，她靠给有钱人家里烙煎饼、洗衣服或讨饭艰难度日。不久，丈夫和不满4岁的小女儿先后去世。面对重重困难和巨大打击，范大娘和儿子范崇仕、范崇相没有气馁，而是更坚定地投入到抗日斗争当中。

1940年3月，范崇仕担任日照县职工救国联合会副会长，不分昼夜地开展工作。范大娘则利用讨饭的机会，来往于敌占区和游击区，给八路军传送情报。1941年，二儿子范崇相在小羊圈战斗中壮烈牺牲。范大娘强忍悲痛，继续积极地参加抗日斗争。不论站岗放哨，还是传递情报，只要是革命工作需要，她就一心一意地去干。

1943年7月，范崇仕担任滨海区渔盐工会会长，领导广大渔盐民工开展轰轰烈烈的增资减租和反霸斗争，带领八路军战士和群众修建了安东卫盐场，群众亲切地称他为渔盐民工领袖。1946年7月，范崇仕在土家滩一带发动群众，开展反奸诉苦和减租减息斗争，在去山字河开会的途中，不幸遭特务暗杀。

也是在这一年，范大娘已加入了中国共产党。接连失去丈夫、小女儿、二儿子和大儿子的她，非但没有被吓倒，反而将巨大的苦难、悲痛、仇恨化为更加坚定的信念、更加坚强的斗志。在范崇仕的追悼大会上，范大娘又把三儿子范崇仁送到部队，并嘱咐他为两个哥哥报仇，不打垮反动派不要回家。同时，她动员本村 4 名青年也参了军。范大娘的英雄举动，在部队和群众当中产生了强烈反响。1947 年，滨海支前司令部、政治部和日照县评功委员会，在山字河召开群英大会，授予范大娘"人民母亲"的光荣称号。

新中国成立后，范大娘担任了村、区的妇女干部，带头搞合作化，各项工作都走在前面，多次被评为劳动模范。年高体弱时，她主动辞去领导和社会职务。1961 年 9 月，范大娘在家乡病逝。临终前，她嘱咐四儿子范崇瑞，要教育好下一代："听党的话，永远跟党走！"

解放战争时期，日照地区曾涌现出一次又一次的参军高潮，"母送子""妻送郎""村干带头""兄弟相争"参军的热烈场景，在这片热土上不断涌现。据不完全统计，在解放战争中，日照县、莒县、五莲县共有 2.3 万余名青壮年参军入伍。范大娘正是参军参战过程中的模范代表、英雄母亲。如今，那面曾赠予范大娘的、绣有"人民的母亲"五个金色大字的鲜红旗帜，正高高悬挂在淮海战役纪念馆。旗帜前方，是一尊"母亲"的塑像——一位面容慈祥、皱纹深深、衣着简朴、身形略微佝偻的母亲，正用坚毅的眼光，目视前方！

（二）改换新天

　　"为有牺牲多壮志，敢教日月换新天"。在革命战争年代，日照人民在中国共产党的领导下，用一场场浴血的战斗、一次次无畏的牺牲，换来了解放的"新天"：甲子山反顽战役、三关口战斗、石沟崖战斗、莒城解放战役、安东卫保卫战……在社会主义革命和建设时期，日照人民在中国共产党的领导下，用一轮轮艰苦的创业、一段段开拓的足迹，换来了富强的"新天"：走互助合作道路；日照水库建设、"南茶北引"、大沙

甲子山战役博物馆是日照市首个战役主题党性教育博物馆，以"红色甲子，薪火传承"为主题，弘扬传承红色甲子山精神，再现甲子山战役的光辉历程

洼林场建设、五莲山区建设……一幅幅战天斗地、沧海桑田的壮美画卷在山海之间、大地之上铺展开来。

1. 三关口战斗

解放五莲山区的关键一战

三关口地处今天的五莲县松柏镇，因东、西、南面的三个关口而得名。抗战时期，这里是莒、日、诸三县的边界中心，处于连接滨海区、胶东区、鲁中区的重要通道上，是五莲山区东、西、南、北的交通咽喉，山高沟深、地势险要，有着"一夫当关，万夫莫开"的得天独厚的地理条件，战略地位十分重要。

1943 年 6 月，国民党在五莲山区的防务出现了空白，日、伪、顽敌对势力均欲抢先占领。机不可失，时不我待，为了尽快解放泰（安）石（臼所）路以北地区，滨海军区司令员陈士榘率领滨海军区第十三团、第六团三营和第四团一个连，立即挺进泰石公路以北，先敌抢占了国民党撤离后的五莲山区防地，发起了争夺五莲山区的战斗，取得节节胜利。

为挽回败局，伪军张步云部派精锐部队"铁五旅"抢占了三关口地区，并抓紧修筑工事，企图利用险要地形负隅顽抗，继续西进控制整个五莲山区。

滨海军区得知这一消息后，于 7 月 13 日立即抢占了三关口南高山上的制高点作为作战指挥部，陈士榘亲自指挥。17 日，滨海军区第十三团沿灵公山南移，给伪军造成南撤的假象。正当伪军放松警觉时，滨海军区第十三团旋即折回洪凝，集结兵力于松柏林一带，部署消灭三关口伪"铁五旅"战斗。第十三团团长梁兴初在组织营以上干部勘察了地形后，根据敌情确定了作战方案。决定一营在三关口北面和东北面担任主攻；二营从西向南迂回到三关口南面，利用夜间在敌近处隐蔽，从背后袭击敌人，并切断其可能逃跑之路；三营（欠七连）为预备队；三营七连由三关口西南向东北进击。松柏林、洪凝一带的农民主动给部队当向导，抬担架，救护伤员，支援部队，军民一心，同仇敌忾，投入了三关口的战斗。

当日晚，天阴沉沉的，下着毛毛细雨。第十三团冒雨沿着深山峡谷间陡峭的山路隐蔽急进。21时，第十三团各营按预定作战方案，进入指定位置，同时，在白庙子村南北沟东山的制高点设立了指挥所，陈士榘亲自指挥。伪"铁五旅"对滨海军区第十三团的折回行动毫无察觉，防守麻痹，官兵饮酒作乐。18日凌晨4时，第十三团各营向三关口守敌发起攻击。战斗打响，敌人面对突如其来的猛烈打击，仓促应战，乱作一团。第十三团一营乘机从东北、二营从南、三营七连从西南同时突入三关村内，同伪军展开白刃格斗。敌副旅长被当场击毙，旅长张文政乘雾逃窜，敌电台台长、译电员及特务连的全部官兵被活捉，其余大部分被歼灭。

在三关口战斗中，地方党组织带领广大群众，积极参战。战斗一打响，远隔15多公里的人占家沟、陆家庄子一带村民将烙好的大饼，驴驮担搭，源源不断地运上阵地。守卫在关南顶的伪张步云部第五旅第十团一营的"新兵连"，是日北县委派地下工作者胡润洲和牟敦岭等打入"铁五旅"组织起的一支地下武装，在关键时刻，调转枪口，犹如一把锋利的钢刀插进敌人的心脏，给敌人致命的一击。

这时，部分残敌企图乘大雾顺山沟向东北逃窜，遭到二营及执行迂回任务的三连的迎头痛击。最后，一部分残敌突围逃跑，一部分做了俘虏。对逃出包围圈之敌，二营和三连追击到王家大村附近时，又歼灭其一部。

9时，战斗胜利结束。前来增援的日照县日、伪军闻此消息，极为惊恐，仓皇溜回了据点。此战将"铁五旅"全部歼灭，是八路军进军滨北的首次重大胜利。在此后不到一个月的时间里，八路军连续作战，进行大小战斗40余次，毙伤俘敌千余人，使五莲山区300个村庄、30万人民获得解放。三关口战斗，是解放五莲山区的关键一役。

风雨沧桑，山乡巨变。在昔日三关口战斗遗址处，三三四省道穿山而过，将来自四面八方的游客带入五莲县的秀美景区。三关口的光荣历史也将在锦绣山河间被永久铭记、传颂！

2. 石沟崖战斗

"杀猪（朱）过年"慰百姓

1943年冬天，随着抗日根据地不断巩固，抗日武装力量不断壮大，抗战形势已由战略防御、战略相持转为局部战略反攻阶段。侵占山东的日军因兵员不足，不得不收缩兵力，退守交通干线和沿海重要据点。

位于泰（安）石（白所）公路上的石沟崖，是日军重点扶持的一个伪据点。这里地处日照、日北、莒中三县结合部，南靠甲子山，北靠五莲山区，东邻沈疃、西邻纪家店子两个日、伪据点，既是莒、日两县日、伪军联系的咽喉要道，又是日军安插在滨海区抗日根据地腹心的一颗钉子。它分割了滨南、滨北抗日根据地的联系，截断了南北交通，对3个县、9个区的抗日工作开展造成极大危害。盘踞在这个据点的敌人，有伪日照县保安大队副大队长朱信斋的3个中队，还有伪区政权的反动武装共计500余人。

朱信斋是黄墩镇粮山口人，原为土匪。在抗日战争中，他打起了抗日的旗帜，主动要求加入八路军。八路军收编了他的部队，后将其改编为独立营，朱信斋任营长。1941年，国民党掀起了第二轮反共高潮，朱信斋随之叛变了革命。3月，朱信斋突然袭击，在一夜之间逮捕了200多名共产党员、干部和工作人员，并将独立营教导员董振彩、连长山世传、指导员董宪法等同志以及上百名地方干部和区中队战士杀害，其残忍程度令人发指。1943年7月，朱信斋公开投降日军，成为彻头彻尾的汉奸。朱部投降后，初为伪莒县"防共"预备团，不久改为日照县保安大队，朱任副大队长。在日军扶植下，朱信斋更加无恶不作，经常到各地抢粮食，拉牲畜，抓民工，烧杀掳掠，残害群众。石沟崖据点，就是他在日军帮助下修筑的。

1944年1月，山东抗战形势发生转变，已经具备了局部大反攻的能力。经过慎重考虑，中共山东分局决定，在滨海区打响战略反攻的第一枪——拔除石沟崖据点，歼灭伪朱信斋部，为民除害。群众齐喊口号，要在春节之前，抓住黄墩区48个

在石沟崖战斗中，参战部队向敌人发起冲锋

村庄的"土皇帝"朱信斋！

经过充分的战前准备，1944年1月21日（农历腊月二十六）晚，滨海军区六团冒着刺骨寒风，经过一夜急行军，将石沟崖团团包围。与此同时，莒中独立营也进入了纪家店子以西阵地，准备打击莒城来援之敌；滨海军区第十三团一个连在石沟崖以北，防敌突围；新第111师教导团二营在三庄，日照县地方武装在公路两侧，也都做好了战斗准备。

朱信斋的据点，工事坚固、相互呼应、易守难攻：村子东西两座高岭上，各建有一个大碉堡；村子内部，建有南北两个大围寨。围寨的围墙都有一丈多高，四角各有一座炮楼，围墙以外有坚固的盖沟。南北两个盖沟里，每隔四五步就有一处暗堡。暗堡向外，又有一条壕沟，再向外还有铁丝网和鹿砦。在朱信斋看来，这里固若金汤、万无一失。

22日拂晓，滨海军区第六团的战士们，在火力掩护下，冒着枪林弹雨，用大刀、铡刀砍开敌人的鹿砦和铁丝网，猛扑上去，占领了西岭、东岭的大碉堡。战士们又乘胜攻打石沟崖村，摧垮两座暗堡，打乱了敌人的阵脚。经过5个多小时的战斗，完全占领了这座村庄，南、北围寨之敌被彻底分割孤立起来。占领村庄后，北围寨成为主要攻击目标，这里住着朱信斋和他的两个中队。23日拂晓，部队向北围寨发起进攻，因伤亡比较严重，不得不撤了下来。下午4时，部队经过补充、调整，重新向北围寨发起总攻。战士们冲进外壕后，遭到伪军交叉火力和手榴弹的严密封锁，多名战士相继牺牲。二连连长何万祥大吼一声："机枪掩护！八班，跟我上！"他率领八班战士们，冲进外壕，爬到残破的地堡旁边，先向地堡的枪眼里打了两枪，又塞进两颗手榴弹，消灭了里面的伪军，接着用同样的方法连续攻克了6个地堡。

部队乘胜向伪军猛烈攻击，战斗持续到晚上10点左右，北围寨只剩下西北角碉堡，朱信斋率领其特务队在里面做最后的顽抗。战士们把辣椒和柴草放在碉堡下面点燃，向碉堡里扬石灰粉。霎时，浓烟充满了整个碉堡，朱信斋等人被熏了出来，缴械投降。

北围寨被攻破后，固守南围寨的敌人丧魂落魄、惊恐万状，妄图乘黑夜突围逃窜，遭到战士们迎头痛击，南围寨随即被攻克。24日（农历除夕）凌晨，连续3天的石沟崖战斗胜利结束。

24日早晨，日照几千名民兵和群众，冒着日军飞机的轰炸和扫射，平毁了石沟崖伪军工事。29日（农历正月初五），滨海军区部队和地方抗日民主政府在莒南县文疃村河滩上，召开了2万多人参加的公审大会，审判了朱信斋的滔天罪行。当朱信斋及其 12 名部属头目被绑赴刑场执行枪决时，全场欢声雷动，大家热烈欢呼"共产党万岁"！日照、莒县广大人民"杀猪（朱）过年"的愿望终于实现了！

3."长空雄鹰"牟敦康

赴朝作战长眠深海

1929 年，牟敦康出生在日照县牟家小庄村（今日照经济技术开发区奎山街道牟家小庄）的一个革命家庭，他的父亲是革命前辈牟宜之。

牟宜之，1925 年在济南求学时，就加入了中国共产主义青年团。1932 年，他在家乡参加了日照暴动。抗日战争爆发后，牟宜之曾要求去延安。有关领导了解到，牟宜之的姨父是国民党元老丁惟汾，于是希望他利用这层关系，到敌后开展抗日斗争。1938 年，牟宜之担任国民党政府委任的乐陵县县长。这年 9 月，萧华率领八路军 115 师 343 旅机关进抵位于冀鲁边区的乐陵县城。牟宜之倾全县之力接应八路军开辟抗日根据地。期间，经萧华介绍，牟宜之加入中国共产党。即使受到国民党高层的威胁利诱，牟宜之跟定共产党，坚决抗日的信念也丝毫没有动摇。后来，牟宜之先后担任新四军山东军区驻济南办事处主任、山东军区敌工部副部长等职，为开辟山东抗日根据地做出了重要贡献。

牟敦康从幼年起，就在父亲的言传身教中被熏陶、引导，逐渐成长。

1944 年，还不满 16 周岁的牟敦康，进入八路军抗大一分校学习。在艰苦又紧张的学业中，他坚定了革命的信念，立下了抗日救国的决心。他曾对同学说："当兵就是为了抗日救国，我们要练好杀敌本领，多杀日本侵略者，为中国人民报仇。"

1945 年 8 月，日本投降。这年秋天，牟敦康同山东军区教导团的 1000 余名学员从青岛奔赴东北。12 月，牟敦康等105 名学员被选中进入新成立的东北航校深造。牟敦康认真学习、刻苦钻研飞行技术，克服了训练条件上的种种困难。他的好友曾说："他（牟敦康）的飞行技术是我们学员中最棒的。"1947 年 4 月，东北战场形势好转，航校迁回牡丹江市。在牡丹江的桦南县，牟敦康第一次飞上蓝天。

1948 年 9 月，牟敦康从航校毕业，成为一名合格的空军飞行员，并留校担任飞行教练。10 月，他光荣地加入了中国共产党。1949 年 11 月，中国人民解放军空军成立，牟敦康和他的同学成为新中国最早的一批空军飞行员。

1950 年，朝鲜战争爆发，中国人民志愿军赴朝作战，保家卫国。在朝鲜战场上，美国空军对中、朝地面部队和后方交通运输线进行狂轰滥炸。为此，党中央和中央军委决定，组成志愿军空军参战。得知这一消息后，牟敦康恨不得马上飞到朝鲜去，狠狠打击这帮"空中强盗"。

赴朝之前，已是飞行大队长的牟敦康和战友们按照实战要求开展艰苦紧张的训练，严阵以待。期间，牟敦康累得犯了胃病。在一次训练前，他呕吐不止，领导和同志们都劝他不要训练了，但他坚决不肯。当听到首长一声令下"上飞机"时，他顾不得和同志们打一声招呼，就立即戴上飞行帽，迅速登上了飞机驾驶舱。在牟敦康身先士卒的感召下，全大队出色地完成了训练任务。牟敦康也迅速成长为一名优秀的飞行员和指挥员。

牟敦康曾在给父亲的信中写道："多年来我很渴望着这种改变，决心在那新的环境中、战斗中做出好的成绩，以回答党多年来的培养与自己的努力，我希望父亲听到我的好消息。"

1951年秋天，牟敦康所在的部队终于奉命赴朝参战。年轻的中国空军在世界空战史上初露锋芒，威震敌胆，戳穿了美军所谓"空中优势""不可战胜"的神话。仅仅月余时间里，在数次空战中，牟敦康就击落多架敌机。

11月，美军出动100余架飞机，狂轰滥炸朝鲜后方的铁路、桥梁、公路和各项军事设施。30日，牟敦康奉命率领三大队出击，与兄弟部队协同作战。敌我双方200余架飞机参战，战斗异常激烈。在击落1架敌机后，牟敦康发现兄弟部队的一架飞机正被敌机团团围住，便奋不顾身地冲上去，以猛烈的炮火打得敌机四逃。可是，他自己的飞机却严重负伤，发动机毁坏，通信设备失灵。

这时，牟敦康本可以跳伞逃生，但为了保全飞机，他仍艰难地操纵着飞机下降。在此期间，飞机又遭敌机炮击。牟敦康不幸坠海，壮烈牺牲。这位年仅23岁的中国第一代优秀空军飞行员，为了抗美援朝战争的胜利，献出了宝贵的生命。

为表彰牟敦康的英雄战绩，空军政治部追记他为一等功。著名作家魏巍、白艾撰写了中篇小说《长空怒风——你热爱毛泽东，就要保持队形》，在主人公的英雄事迹里，多处有牟敦康的影子。

本应飞行于长空之上的"雄鹰"，却不得不长眠于鸭绿江口的外海海底。如今，盛世已无恙，若英魂能够归来，愿他再次穿越崇山峻岭，划入广袤苍穹，在烈烈雄风中，笑看人间沧桑！

4."农民思想家"吕鸿宾
铆劲写成《访苏日记》

1911年，吕鸿宾出生在莒县吕家庄（后改名爱国村）。年幼时，他曾随父母逃荒到东北，25岁时，又在兵荒马乱中回到家乡。1948年11月，吕鸿宾加入中国共产党，担任吕家庄村党支部书记。从小就挨饿受穷的他，整天琢磨着怎样才能提高生产，让村里人吃饱肚子。

淮海战役全面打响了，村里的青壮年大多参军支前。吕鸿宾根据党中央"生产支前两不误"的号召，把老弱妇幼组织起来，成立了4个季节性互助组，采取"劳力巧安排，人员巧组合"的办法，克服困难，完成了秋收秋种任务。第二年，吕家庄小麦亩产达50多公斤，比单干户每亩增加28公斤，被授予"全县第一模范村"称号。

但是，吕鸿宾并没有满足现状。1950年，他把季节性互助组调整为3个常年互助组，创造了"劳力合理记工、牲畜合理记工、工具使用合理付酬"的"三大合理政策"，充分调动了群众的积极性，粮食产量显著提高。因此，沂水地区授予吕鸿宾"农业劳动模范"称号。

1950年9月，吕鸿宾在全国战斗英雄、工农兵劳动模范代表会议上被授予"全国农业劳动模范"称号。10月1日，他受到毛泽东、周恩来等党和国家领导人的亲切接见。在天安门城楼上，毛主席握着吕鸿宾的手问："你是？"他激动地回答："我是吕鸿宾，山东莒县人。"毛主席又问："是农业劳动模范？"吕鸿宾简洁地说："办了互助组，粮食增了产。"毛主席赞许地点点头。

从北京归来，吕鸿宾探索前行的劲头更足了。1951年11月，他建起了山东省第一个农业生产合作社，第二年就创造了沂水地区小麦丰产最高纪录。吕家庄与其他两个自然村合并，起名

吕鸿宾是第一至六届全国人民代表大会代表。1959年4月，吕鸿宾在第二届全国人民代表大会第一次会议上发言

叫"爱国村"，吕鸿宾担任支部书记，农业合作社也更名叫"爱国农业生产合作社"。

1952 年，吕鸿宾作为中国农民代表团成员出访苏联。在苏联，代表团参观了多个城市、集体农庄、国营农场和研究所。吕鸿宾边看边学，边听边记。他虽然没上过学，识字不多，但他决心为国家早日走上农业集体化道路贡献力量，努力克服了学习过程中的一系列困难。

听报告会时，他总是事先准备好笔记本和几张空白纸。笔记本用于自己做记录，空白纸用于请文化程度较高的同伴帮忙，将他不会写的字写上。每次报告会结束后，那几张空白纸就已经被好几种笔迹的字填满了。有一次，他正在询问同伴某一个字的写法，因为翻译当时说得很快，他生怕跟不上，就连连对同伴说"抓活的，抓活的"，同伴一听这话，惊得脸色都变了。吕鸿宾不好意思地挠挠头说："俺们那里说'抓活的'，就是'快点儿'的意思。"

苏联国土面积广大，中国农民代表团在参观学习的 4 个月中，多半时间是在火车上度过的。吕鸿宾经常晕车，但他仍然抓紧所有时间，既学习简单的俄语和苏联的风俗民情，还完成了他访问苏联的大部分记录。他在记录本上列提纲、画圈圈、记点点，用同音字代替不会写的字，用各种"暗号"指代专门的信息，用一句简单的话勾连多条心得。他只要看到本子上的几行记录，就能回想起参观学习的具体经历，讲出很多苏联农业集体化的先进经验。

在访问苏联的 4 个月里，吕鸿宾就是用这样笨拙的方法密密麻麻地写出了 6 本日记、约 13.2 万字。1953 年，《吕鸿宾访苏日记》出版。在这本书里，他提出了社会主义集体化要打破"大锅饭"的思想，在全国产生了广泛影响。

访苏归来后，吕鸿宾根据苏联集体农庄"定质、定量、按件记工"的办法，开始实行"定质、定量、定工、定时"的"四定"劳动制度。1955 年，由 23 个自然村组成的爱国高级农业生产合作社成立，吕鸿宾又创造了计划、劳动、财务、物资的"四大管理"和"按劳计酬、多劳多得"的收益分配办法。他首创的一系列劳动管理制度和收益分配经验，在全国产生了示范作用，吕鸿宾因此被称为"走互助合作道路的带头人"和"农民思想家"。

5. 日照水库建设

力拔山兮造水库

日照县在历史上时常发生旱涝灾害，主要原因是夏季降雨集中、猛烈，河水暴涨暴落。尤其境内横贯东西的一条重要河流——傅疃河，频繁的洪涝灾害让群众苦不堪言。1957 年夏天，傅疃河流域又一次发生洪水灾害，造成十几个村庄的土地被淹，人畜伤亡惨重。而到了秋天，日照全县大旱，84 天内降雨仅 10.1 毫米，地瓜、玉米、花生严重减产。

水利是农业的命脉。严重的夏涝和秋旱，给全县人民的生命财产造成巨大损失，日照人民要求治理水患的愿望越发迫切。而要根治傅疃河沿岸的洪涝灾害，并储备充足的水源抵御旱情，唯一的途径是选择有利地势，在上游拦洪蓄水。经过全面的调查研究，日照县委做出决定：在傅疃河张古潭附近建设水库。

日照水库南干渠建设工地劳动场景

1958 年 10 月 13 日，日照县在张古潭举行水库开工典礼。随后，来自城关、石臼、丝山等 19 个公社的 2.8 万多名民工相继进入工地，一场声势浩大的"战役"在日照大地打响。

"同志们拉起来呀，同志们加油干呀！"伴着嘹亮的劳动号子，在缺乏挖掘机、拖拉机等机械的情况下，劳动大军凭借一把把镢头、一张张铁锨、一幅幅挑担、一辆辆独轮木车和一架架石夯，如同愚公移山，使出浑身力量大干。施工条件非常落后，民工们的生活也异常艰苦。他们住的是临时搭建的窝棚，所谓的"床"是先用稻草铺在地上，再在稻草上铺一层苇席而制成。他们吃的饭食是玉米面、地瓜干，很少有白面或大米。夜间照明采用的是小马灯和煤油灯，很少用汽灯。民工们行动军事化，干活战斗化，昼夜奋斗在水库建设第一线。白天，大坝上红旗招展，号子声震动山谷；夜晚，工地上歌声嘹亮，大家伙干劲冲天。

从当年 12 月中旬开始，水库的主坝和副坝施工全面展开，先用几十台抽水机抽干潭水，再开始挖槽清基。清基是修筑大坝的关键一环，需要从较高的地面开挖、抽水、挖沙，难度较大。主副坝建设全面铺开后，南起岗山和小代疃西岗，北到庙云山，在 10 平方公里的范围内，每天有近 4000 辆独轮小车运土，1500 多人打夯，1 万多劳动大军挥汗如雨。

1959 年新年伊始，气温骤降至零下十多摄氏度，厚厚的冰层堵塞河道，导致拦河坝决口，咆哮的河水朝着清基工地奔涌而下。危急时刻，涛雒公社水利营 60 名勇士在营长涂传欣的率领下，毫不犹豫地脱下棉衣，跳进寒冷刺骨的冰河，奋不顾身地炸碎冰凌，争先恐后地用肉身堵住决口。经过一个小时搏战，险情终于被彻底排除。回到地面上的勇士们，双腿已被冻得红肿麻木，口鼻都被冻出了鲜血，但他们的心里仍似有一团热火在燃烧，在场的人们无不动容。

水库建设工地上，还有一批"巾帼不让须眉"的女性大军。赫赫有名的"铁姑娘"刘敬英和孙开莲，主动与男同志展开劳动竞赛。刘敬英每天推着满满当当的小推车在

日照水库

工地上往返穿梭，1公里多长的山路，她每天要跑40多个来回。别人推小车都是放两个筐，孙开莲推车时非要再加上一个筐，一口气能将700多斤重的"爬山虎"（一种独轮小推车）推上十几趟。

经过230多个昼夜的紧张施工，水库大坝主体工程于1959年6月竣工。英勇的日照儿女自力更生、艰苦奋斗，硬是在两山之间、傅疃河上，建起了日照县第一大坝，造就了一座蓄水2.6亿立方米的大水库。

这年秋天，山东省委第一书记舒同到日照水库现场检查指导工作，被眼前这幅"力拔山兮气盖世"的壮观劳动场面深深震撼。县领导向舒同汇报，县里打算将水库命名为"西湖水库"。舒同却说："这个大工程是日照人民自力更生、发愤图强干起来的，我看叫'日照水库'好！"舒同亲笔题写下"日照水库"四个大字。这个名字，至今闪耀在水库大坝的纪念碑上，时刻铭记着那段重整山河、众志成城的峥嵘岁月。

6. 日照海滨国家森林公园建设

"台田造林"战荒滩

日照海滨国家森林公园，是海岸线上的一片绿色海洋。初来这里的人们很难想象，这片有海、有树、有花的万亩密林，在数十年前还是一望无际的盐碱沙滩。日照人更熟悉森林公园的另一个名字——大沙洼林场。

60多年前的日照沿海，从南向北一线皆为沙滩。1955年起，为了防风固沙、保护村庄和农田，日照县开始大规模营造防风林。经过几年的努力，全县近100公里沿海都栽上了黑松、杨树等树种，唯独北端的大沙洼还是一片不毛之地。当时，大沙洼周围村庄的干部群众也曾在这里植树造林，但是刚栽树没多久，树苗就都死了。当地还流传着这样一句民谣："大沙洼有'三宝'，飞沙、海雾和小咬。"所谓的"三宝"实为"三害"：冬春季节沙随风动、风吹沙压、庄稼难收；春季庄稼苗发出嫩芽，一遇到海雾就萎蔫了，庄稼难活；"小咬"是因地势低洼积水而滋生出的一种咬人的小虫。大沙洼荒滩上的这"三宝"，让人民群众深受其害。

那时，新中国刚刚建立不久，全国上下百废待兴。"大沙洼"也面临着创业的重重困难：缺政策、缺技术、缺人才、缺

大沙洼林场建设劳动场面

资金……但这里的人们以"相信自己、依靠自己，拼死拼活也要治荒滩，流血流泪也要建林场"为信条，历经数年奋斗，终于迎来了历史性的时刻——1960 年 2 月 18 日，国营日照县大沙洼林场挂牌成立。

挂牌成立只是万里征程的第一步。当时，周围百姓的麦子地都被沙土覆盖了，虽然大家都盼着能在这片荒滩上种出绿树，但真正相信这一现状能够改变的人并不多。林场人扛着锄头，面朝沙土背朝天，认真思索着，到底种什么才能活？怎么种才能活？他们需要在实践中摸索荒滩变绿洲的方法。

这个方法就是"台田造林"。

什么是"台田造林"？其实，这个方法的道理很简单，就是将一排排的树都种植在土台上。当时，林场人先挖出 1.5 米深的排水沟，再把挖出来的沙子筑成高 0.3 米、宽 30 米、长 200 多米的台田。土地抬高了，水位降低了，树木就能成活了。正是由于这一方法的实施，黑松的成活率达到了 95% 以上！

"台田造林"的成功给予了林场人极大的鼓舞，他们的干劲更足了。"以场为家"是林场人的常态，对他们来说，三个月、五个月不回家是常事。睡觉时，大伙儿一起打地铺；吃饭时，大家一起乱炖一锅地瓜、白菜、虾皮，"又甜又咸太难吃了，但当时却觉得有滋有味儿！"每逢下雨天，其他人都是赶紧跑回家，林场人却都是抄起工具、扛起树苗就往外跑，只为多种一棵树，多活一株苗。在当时的现实条件下，林场人种树没有任何现代化机械设备可利用，他们都是靠着手抬、肩扛，用一点又一点的人力来与天斗、与地斗。

在多年植树造林过程中，林场人也在不断总结经验、开拓创新。他们发现，如果土台筑矮了，汛期一到，海水会淹没土台；如果土台筑高了，淡水又引不进来。于是，技术员提出，先种草固沙再植树，这种开创性做法被事实证明是一条成功之路。

就这样，林场人经过反复实践，先后探索出筑台排涝、种草固沙、植树防风的创新做法，总结出"沙滩育草、台田整地、松槐（棉槐）混交"的造林经验。

树种活了！在此基础上，大沙洼相继引进了多种速生树种，又种植了10余公顷的苹果园，从乔木到灌木，从大树到花草、从陆地到沟渠……曾经的不毛之地有了立体式林业。

林场人探索的脚步却没有停止，一代代林场人接过前人的接力棒，继续将"大沙洼"这幅壮阔的图卷描画得更美：张天

日照海滨国家森林公园今貌

印发明了驯养灰喜鹊防治松毛虫害的方法，被作为典型在全国推广，灰喜鹊也成了日照的市鸟。1973年，丁原生从南京带回26棵水杉苗。水杉是白垩纪树种，被称为植物的"活化石"。这一树种树姿优美、耐贫瘠、耐水湿，在大沙洼林场长势喜人。如今，大沙洼林场拥有了江北最大的水杉林。

如今的大沙洼林场被命名为日照海滨国家森林公园，是国家4A级旅游景区。白色的云朵点缀着蓝色的天空，银色的浪花拍打着金色的沙滩，彩色的鲜花簇拥着绿色的林海……天地间最明丽的色彩交织在一起，奏起了一曲壮阔的山河赞歌，这是对60多年来大沙洼林场人战天斗地、奋力拼搏的最美回响！

三

遗韵采撷　海岱流芳

日照的民间文化特点鲜明，内容丰富多样，涉及民间美术、传统手工艺、传统美食、传统习俗等方面。日照的民间艺术包括民间美术、工艺和音乐等领域。其中，民间美术以莒县过门笺、五莲剪纸、日照刺绣和日照农民画为代表，艺术作品形式多样、色彩鲜艳，富有民间生活的特点。日照的民间工艺主要包括刘氏盘扣、绒绣、三庄石雕石刻、五莲石磨制作技艺等技艺。这些传统工艺不仅具有实用性，还展现了日照人民的智慧和创造力。此外，日照的民间音乐以鲁南五大调满江红和莒县周姑戏为代表，表达了人们对生活的热爱和情感的宣泄。传统美食是日照民间文化的重要组成部分。在日照，人们保留着许多的老味道，如日照绿茶、海沙子面、五莲原浆、京冬菜等传统美食。这些传统美食让人们更好地了解到日照的老味道和传统文化。

（一）生活印记

随着社会的不断发展，非遗这一由传统生活培育而出的文化硕果逐渐成为本土人民共同的记忆，成了联结个人与集体、家庭与家乡的精神纽带，篆刻上来自地方的"家"的印记。日照人民记忆中的老东关、海曲路、老石臼、踩着高跷推虾皮、一人双狮舞起的高兴线狮、春天里荡起的"飞千"盛会……藏着难以割舍的烟火气和家乡情，纵横交错的老街老巷所散发出的烟火味和人情味，承载着一代又一代人的峥嵘岁月，在城市的发展里历久弥新。每一座城市，都有自己独特的美食记忆，是儿时的记忆，是游子的乡愁。

1. 踩高跷推虾皮

山海经的"长股与长臂"

日照沿海一带，千百年来延续着一种独特的捕虾皮方式——踩高跷推虾皮。该项技艺始于何时，已经无法考证，但每年夏至到冬至期间，两城地区的渔民会借助三件"法宝"踏水而行，凌空舞动，推网捕虾。

踩高跷推虾皮需要三件"法宝"，一张网，一个篓，一副高跷。

渔民想要水上漂、捕虾皮的关键在于高跷，巧妙借用民间舞蹈道具增加身高，从而胜任在较深水域捕捞虾皮的工作。高跷在陆地上本不易驾驭，应用于海水中劳作，可谓奇思。海中高跷与一般高跷稍有不同。相较于一般高跷而言，海中高跷的底部通常采取加宽处理，或竖向多增加一截木条，或横向木板呈丁字形为底，防止行走过程中陷入泥沙，使用起来灵活方便。

虾网是踩高跷推虾皮的第二件法宝。推虾皮的虾网极为讲究，两根长竹竿套上虾网呈扇形展开，靠近身体的一侧竹竿组成锐角，用绳子固定住。距离锐角顶点约半米处用短横杆固定住，组成小三角形维持整个扇形结构的稳固。

推虾皮法宝有三，最后一样叫作虾箩。踩着高跷推虾皮自然需要地方储存，由于巨大扇形虾网和高跷的缘故，想把容器背在身上并不现实。经过尝试，渔民们发现竹编的鱼篓可以漂

捕捞技艺人下海

92

在水面上，但是进水太多也会沉下去。勤劳聪慧的人民并没有放弃，而是继续尝试新的容器，后来发现把三个葫芦绑在竹编的鱼篓上，能长时间浮在水面上。

劳动人民用智慧创造了适合两城地区的推虾皮工具，独特的方式在2013年被列入日照市第三批市级非物质文化遗产名录。2020年被列入山东省第五批省级非物质文化遗产名录。

每到推虾皮时节，人们双手掌握虾网，前端滤水后端抓虾。虾篓漂在身后水面上，里面放着一只水瓢，捉到虾的时候就用水瓢舀出来放在虾篓里。整个过程中，虾篓与身体相连，始终漂浮在身边，非常方便。这事说起来简单做起来难，据传承人讲述，很多时候十天半个月捕不到几斤虾皮，运气好的时候一会工夫就能捞十斤八斤，在现代化面前，此项技艺的传承任重道远。

2.一人双狮舞起高兴线狮

线、狮、球演绎飞狮夺球

高兴线狮，又称为"飞狮夺球"，源于宋代，历经明清，已有上千年的历史。线狮是在民间狮舞基础上发展变化而来，系民间艺人将狮子舞和提线木偶相结合，创造出的狮舞新形式。

高兴线狮是一种动作技术灵活多变、观赏性极高的表演。它主要包括八个步骤：一是平地嬉戏；二是高空坠绣球；三是双狮因球受惊；四是惊余好奇；五是玩弄球；六是嬉闹恣意；七是双狮夺球；八是球开谢幕。在表演过程中，表演者通过拉

高兴线狮表演

扯穿过滑轮的五根线，从而拉动狮豹、绣球和舞动，完成上述一系列动作。在表演之前，表演者首先搭建好支架，并在支架下方设置一个平台，上面铺上台布，然后在支架的横杆上安装好五个小滑轮，它们相互之间有一定的距离。接下来，表演者将穿过中间小滑轮的一端系在平台中央的绣球上，另一端则咬在嘴里。而穿过其他四个滑轮的四根线的一端则分别系在绣球两侧的两个小狮豹的头部和尾部，另一端则被握在表演者的左右手中。表演开始时，表演者站在离支架三四米远的地方，通过拉动滑轮上的五根线的原理，轻拽线，使支架下的两个狮子在平台上表演出一系列令人眼花缭乱的动作。

表演者利用固定在狮子身上的长线控制它的动作，可以表演坐立、蹲卧、伸展、趴伏、腾跃、奔跑、飞腾、旋转、翻滚、抖动等动态，甚至可以表演狮子戏球等十几个动作。表演时，他们需要与旁边的锣鼓伴奏队密切配合，并根据鼓点的节奏轻重缓急来进行表演。乐队要根据表演者的动作调节锣鼓的速度和音量，而表演者也要根据锣鼓的节奏来调整表演动作的幅度和力度。这两者相互配合，就像一个整体。通过搭配鼓、锣、钹等打击乐器，表演变得精彩有趣，张弛有度，给观众带来了一次视听盛宴。

飞狮夺球在岚山区委政府和高兴镇党委政府的大力扶持下，做了许多发掘、抢救、传承和保护工作，2016 年被列入第四批山东省非物质文化遗产名录。

3. "飞千" 技艺心中的秋千会

春天里的民间盛会

莒县转秋千会是山东省莒县北部山区流传上百年的民间习俗之一，源于战乱之时民众的禳灾祈福仪式，后相沿成俗，成为一项独具特色的民俗活动——转秋千会。

莒县"荡秋千"，俗称"打悠千""转秋千"。每年春分次日至清明节黄昏，家家户户在院中或门前空地上搭起秋千架，让家人悠荡，以示人丁兴旺。本地人荡秋千又叫打悠千，取越打越有钱的谐音，寓意财源广进。春分前七日，长者举村上青年，在村头宽敞空地支起像一柄巨大的雨伞骨架的秋千架，每根吊棒末端各拴双股绳索两条，下连一个"牛锁头"作为千板，固定千杆的多条斜拉绳索，上下装有五颜六色的小旗，远远望

莒县转秋千会

去，像一座五彩缤纷的彩楼，一个八座的土法秋千就算完工了。

秋千架扎好后的第二天一大早，东道村的主事人先到秋千架旁为秋千开光，然后率众焚香烧纸，对着秋千跪拜，口中念道："悠千神，悠千神，光打悠千别跌人。"祈求秋千神灵保佑玩耍时不要跌落。一个青年登上秋千高台撒糖果，喻示生活甜美，引得架下大人小孩争先恐后的哄抢。

举行秋千盛会的早晨，身着节日盛装的男女老少，从四面八方赶来。村里的长者敲传锣定秩序后，主持人敏捷地爬上吊杆，向四面观众施礼致意，随之开始献上拿手绝技。开场节目多是东道主村集体表演，这些节目要求典雅、轻柔，禁忌惊险、轻狂的套数；首批攀杆者皆红装少女，她们坐稳千板之后，先是轻轻起荡，继之随杆慢慢旋转，由缓而速；此时千板上的少女忽而蹬板而立，忽而着板而坐，忽而单伸一臂，忽而两臂平伸，形如鹏鸟振翼，称之为"凤凰展翅"。"凤凰"收翼之后，全体演员直立千板，且转且荡，先是相向漫舞，而后逆向狂飞，形如织女投梭，此曰"织女飞梭"。

各项"绝技"一直持续到黄昏，人们才逐渐散去。一帮青壮年留下来拆除秋千架，标志着秋千会已圆满结束。莒县转秋千会是莒地独具特色的民俗风情，这一浪漫的活动，吸引着众多的朋友前来共享欢乐。

4. 传统小船制作技艺
匠人心中的"船使八面风"

来自涛雒镇的"传统小船制作技艺"，传承着这样的小船，更传承着小船背后的民俗情感。

据传承人王均祥口述，小船可是"救命船"。解放前的一天，王均祥的爷爷王安保为哄他开心，将大渔船缩作成二尺左右的小帆船，内中帆、橹、甲板、船舱等部件宛若真船。不久，王均祥的父亲王振文在贩运盐时好心搭救一位姑娘得罪了巡盐队长，对方要一船盐作为补偿，否则就要以命抵命。交不出盐以命抵命，但真要交出一船盐可要了一家人的命。巡盐队长来时，本打算好好敲诈一笔，不曾想王安保真端上来"一船盐"，小船做工精细令其也拍案叫绝。原来是王均祥的奶奶马氏，用丈夫给孙子做的微缩小船装了"一船盐"，得以化险为夷。

这便是日照"传统小船制作技艺"的来源，其中也凝结着日照传统造船业的民间经验。现在制作的小船在传统技艺的基础上，又融合了现代的风格，据传承人王均祥介绍，他制作的仿真船主要有两种。一种是布篷子船，普通人也可以使其漂浮在水面，内部精细如真；另一种是小帆船，只有常年弄船的人才能让其漂浮在水面上，如同真正的帆船行在海上，要"船使八面风"。制作出这样的仿真船绝非易事，王均祥早已把船的结构、部件了然于胸，做起来流畅有序，比例平衡拿捏到位，堪称绝活。

小船制作用料考究，难度系数很高，费事费神。王家一技传承四代，依靠的是一种信仰，他们相信"船是有灵性的"，不轻易做。1965年，王均祥的母亲毕氏病重期间对王均祥的父亲说："我不行了，你做个小船送我上路吧！"每每谈及此处，传承人王均祥都会落泪。船对日照渔民影响深远，小船对于他们更有着特殊的意义。小船在王均祥眼中，不仅仅是一件"玩物"，更寄托着深厚的情感。

小船之于王家人的情感，恰似传统木船之于日照渔民的情感，小船是传统木船的缩影，描摹着人类渔业文明的发展历程，是人类心灵归祖的重要载体。传承人王均祥的儿子王世雁将小船的经济效益和审美创造有机结合，同时也把劳动人民的建筑智慧传承发扬。小船是匠人心中的"船使八面风"，正在新时代的海洋中远航，以精品手造的形式继续产生影响。

（二）余音绕梁

    非物质文化遗产的一个重要的根本性特征，就是存在及传承的活态性。这种特点，决定了非物质文化遗产的保护方法不能只是保护静态的模式和原样维护，而是要顺应时代发展，不断赋予在现代社会新的价值与意义。传统音乐是人们在生活中经口头传唱，代代相传逐渐形成的，其内在的文化底蕴不言而喻。日照独特的地理环境孕育出极具地方特色的"声音名片"，他们如沧海遗珠，熠熠生辉：古雅抒情的满江红、铿锵热血的渔民号子、气势磅礴的夹仓锣鼓，一代一代的劳动人民，就是这样用自己的方式和声音表达着对故乡深沉的眷恋和感激之情。如今，这些非遗里的"好声音"仍在倾诉这片热土建设者的衷肠，鼓舞着今时之人的士气，以非遗"好声音"奏响新时代发展的壮丽之声，留存文化记忆，助力文化传承。

1. 鲁南五大调满江红

盅盘碗筷合奏曲

    说起"满江红"，常常想到的是宋词里的词牌名，而在日照，"满江红"是非物质文化遗产，是日照大型民歌套曲，是鲁南五大调（"满江红""玲玲调""大寄生草""淮调""大调"）

之一。"满江红"是在清末时随着两城、石臼、涛雒等沿海一带的海上交通和海上贸易由江南传入日照的，后受当地文化、民俗等影响，逐渐形成的一种独具地域风格的民歌演唱形式。2006 年，"满江红"被列入第一批山东省非物质文化遗产名录；2008 年，被列入第二批国家级非物质文化遗产名录。

"满江红"伴随海洋生产活动而产生并发展。在日照沿海地区的渔民中传唱，曲调优美细腻，优雅抒情，有"细曲""雅歌"之称。主曲与夹曲于一体。回旋变奏、对比鲜明，统一完善。伴奏乐器独特，除吹奏乐外，饭桌上的器具如酒盅、盘、碗、筷子几乎都成了乐器。演唱形式随意，填词随意，有演出中程式化的形式，也有即兴演唱。

1956 年，山东省艺术馆民间音乐专家魏占河等来日照与县文化馆的有关同志一起对"满江红"进行挖掘、收集、整理。以石臼民歌歌手刘克山等演出的《四盼》为基础,整理了这一"满江红"代表曲目。1957 年刘克山、徐子茂等人进京参加全国

满江红

第二届民间音乐舞蹈表演会演，演唱的《四盼》，轰动了首都各界，并荣幸地得到了周总理、朱委员长等中央领导的接见。

"满江红"为民歌套曲，由于传唱的历史长，加之人们在传唱中不断加工修改，使曲调、风格及演唱形式都不断发展，逐步形成了以主曲与夹曲于一体的艺术形式。《四盼》是"满江红"中最优秀的代表曲目之一。"四盼"即四季之盼，全首唱词按盼春、盼夏的顺序及各月所开之花组织起来的。全曲表达了一个少女对远方恋人的思念，流露出一种淡淡的愁意。

新中国成立以来，在党和政府的关怀下，"满江红"在其传承发展弘扬过程中，取得了一定成绩，但受经费、环境变化等因素制约，在发掘、研究、传承、创新、开展活动诸方面均面临着困难。现代社会公众对于民间音乐有着多样选择，快餐式的文化休闲方式使"满江红"的生存和发展面临着新的挑战。

2. 民间小演唱莒县周姑戏

庄户人家的庄户戏

莒县周姑戏是莒县人民以及周边区域劳动人民喜爱的具有浓厚乡土气息的地方戏，也叫"肘鼓子""拉魂腔""拴老婆橛子""盘凳子"。何时流入，尚无文字资料可供参考，但从莒县周姑戏传承体系来推算，周姑戏进入莒地最少已有二百年的历史。

开始，周姑调只是乞讨者作为"唱门子"要饭的帮腔，有的肩背布袋，手抱月琴，自弹自唱；有的两人搭档，一人操琴伴奏，一人打板行腔。这种说唱形式后来逐渐搭档成班，分担角色，作半营业性质的演出，其报酬多是由请戏村凑钱或凑粮付给。

周姑戏唱腔以徵调式与宫调式为主，徵调式温和缠绵，主要用于旦角；宫调式明快刚劲，主要用于生行。演唱中经常同主音转换不拘一格。周姑戏以表演民间故事居多，经常演出的有《四大京》《八大记》《张郎休妻》《卖宝童》等剧目。

莒县周姑戏演出服装和道具基本属于自制的简易戏曲服装或道具，乐器方面除二胡、京胡、扬琴和板胡外，目前最常见的就是主伴奏乐器"月琴"（俗称土琵琶）。

莒县周姑戏发展至今主要有以下几个特征。

第一具有独特的地域特征。周姑戏以其独特的唱腔板式、演唱风格、表演形式，扎根于农村，取材于农村，把农村作为基础，演老百姓喜欢的传统戏，唱老百姓爱听的现代剧，所到之处无不拍手欢迎！

第二具有民间音乐特征。伴奏、唱腔音乐简单。主要用月琴伴奏，配以二胡、扬琴或者京胡等乐器。唱腔以徵调式与宫调式为主，徵调式温和缠绵，用于旦角；宫调式明快刚劲，用于生行。

第三具有浓厚的本地语言特征。浓厚的乡土气息，诙谐幽默的表达，粗犷朴实的风格是莒县周姑戏表演的主要特点。表演主要用本地方言，俚韵土香，通俗易懂，妙语连珠。诙谐幽默的表达，粗犷朴实的风格是莒县周姑戏表演的主要特点。

周姑戏以其浑厚质朴的唱腔和播美扬芳、激浊扬清的戏风深受人民群众的喜爱。它丰富的内容和艺术特征，对于精神文明建设，丰富群众文化生活，建设社会主义新农村都产生了一定的促进作用，具有很好的文化价值和研究价值。

3. 以方言扎根民间的茂腔

拴老婆橛子戏

五莲茂腔是五莲境内流传最广、群众喜闻乐见的一个剧种。

据推算，茂腔戏已在五莲地区流行200年以上。五莲茂腔先期是敲着狗皮（或牛皮）鼓演唱的"姑娘腔"与花鼓秧歌相结合演变而成的"肘鼓子戏"。因当初尚未作为舞台戏出现，只是随时随地的坐唱形式，故群众也称"盘凳子戏"。当"肘鼓子"加二胡、柳琴或月琴伴奏后，唱腔末句的尾音吸收了柳

五莲茂腔

琴戏尾音"呀呼咿"的韵味，溜成了"嗯嘿"，用高八度行腔，习称"打冒"，由此演变成"冒肘鼓"。"冒肘鼓"时期，京剧、梆子（笛梆）开始传入，境内习惯在演出京剧或梆子之前，加演一折"冒肘鼓"，所以就出现了"大戏前边先演段小戏"之说。就在此时，"肘鼓子"戏搬上了舞台，伴奏加上了京胡、京二胡、三弦等，至此，"冒肘鼓"戏演变为正式在舞台上演出的剧种——茂腔。

"肘鼓子"传统戏，多反映男女爱情、伦理道德等生活片段的小戏，颇受农村妇女的喜爱。境内有童谣云："肘鼓子戏，娘们儿的事，姑娘喜欢听，老婆抹上蜜。"经几代艺人的心记口传和加工整理，五莲茂腔逐渐形成了传统保留剧目(看家戏)，如"四大京"和"八大记"。

1994年，为拯救民族文化，传承保护优秀地方文化遗产，经五莲县文化体育局申请，五莲县委、县政府批准成立"五莲县艺术团"，将五莲茂腔列为该团保留剧种。该剧团与文化馆合署办公，2005年迁至县政府大礼堂独立经营。

新成立的艺术团，经多方努力，恢复排练了不少传统剧目，并根据时代需求创作了多出现代戏。如1993年，为宣传颂扬农村计生干部，创作演出了大型茂腔现代戏《白素莲》；2000年前后，为揭批邪教，特别创作了大型茂腔现代戏《升天记》；另外还有以创建和谐社会为主题的《特别新娘》《抢娘》等作品。五莲茂腔再度走向了良性发展的道路。

4. "岚山渔民号子"

岚山渔民的"信天游"

"起锚出海喽！"远处传来豪迈有力、富有激情的劳动号子，号子一响，渔民们便充满干劲投入到捕鱼工作中。"岚山渔民号子"对当地渔民来说意义非凡，是历代渔民在耕海牧鱼过程中为了统一劳作而产生的劳动号子，是带有海之味的"信天游"。

"岚山渔民号子"特征明显，在其形成过程中，吸收了各地号子的优点，因而富有地方特色。根据传承人的介绍，喊号子在当地被称为"打号子"，一般由船老大下令，由一个号子手领号，其他渔民唱和。一般打号子时常用的词语多是语气助

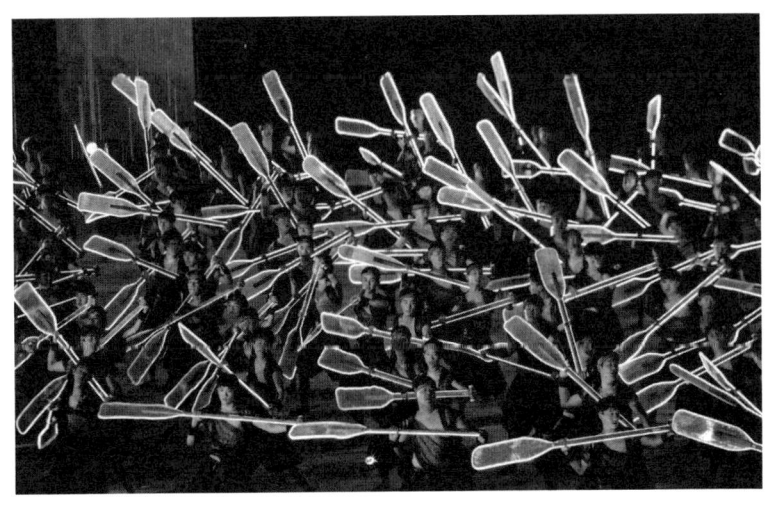

渔民号子亮相第 25 届省运会开幕式

词。如"啊、嗨、嗷、呦、哎、啦、安"等。帆船时代，海上各种工序几乎都有劳动号子，"岚山渔民号子"是渔民在渔业生产中协调步调、激发干劲的一种精神产品，所以有十几种不同的号子，主要包括成缆号、箍桩号、拿船号、推关号、撑篷号、撑篙号、棹棹号、打户号、悬斗号、淘鱼号、溜网号、点水号。

随着时代的发展，机械动力船的普及，渔民号子也逐渐失去了其劳动价值。但是作为一门与劳动并生的艺术，仍有部分渔民将这份民间文化遗产继承下来。在政府的大力支持、非遗保护机构的积极帮助、传承人不懈努力下，"岚山渔民号子"走入社区、走进学校、走向大众，逐渐为更多人所熟知。现在岚山号子不仅是一种走上舞台的艺术，舞台之下还深入民间。

作为岚山渔民的"信天游"，"岚山渔民号子"的历史、文化和科学价值已得到社会各界的一致认同。2006年，"岚山渔民号子"被列入第一批山东省非物质文化遗产名录。

漫长的海岸线上，渔民们那种挈领身心、富有穿透力和表现力的喊号，与大海的涛声朝夕相伴、回荡千年。渔民们唱着号子，劲往一处使，奔向美好生活，体现渔民精神。如今，作为最早一批入选山东省非物质文化遗产的"岚山渔民号子"，已由最初劳动时协作的口号转变为颇具地域特色的文化符号。一声"岚山渔民号子"，声音激荡人心，"岚山渔民号子"依旧回响在海面上，渔民们向海而歌。"同舟共济海让路，号子一喊浪靠边"的豪迈也激励着岚山人民奋勇向前，继续开拓美好新生活，岚山号子也将会在一代代人的传唱中变得更加丰富和深远。

5. 夹仓传统吹打乐

渔民的摩斯密码

打开夹仓这座商贸古镇的历史画卷，海上群帆并进，码头车水马龙，城内商号林立。几百载辉煌，留下无数绚烂的画面。一次次沉寂，一次次复兴，当我们再次站在夹仓的土地上，如果单凭用眼去看那些历史上留下的遗迹，您未必能清晰地系统地去想象出当年的胜景。艺术是记录历史的最佳载体，繁盛的商贸史造就了夹仓独有的文化。

山东省日照经济技术开发区奎山街道夹仓，位于日照市傅疃河入海口处。因其左边是石臼所（俗称为左所），右边为涛雒镇右所（现为右所村），夹处其中，曾为古代屯粮重地而得名。

夹仓传统吹打乐，起源于清朝末期宣统年间（约维新变法以后，1910 年以前），经夹仓民间音乐爱好者葛永清、孙老九、孙可理等人"捏索"而成的传统打击乐艺术。他们根据民间历史流传的打击乐的几种牌子和京剧武场中的"钮丝""紧急风""四击头""调钹"等十余种牌子整理而成，经过加工推敲达到承上启下、优美宛转、刚中有柔、柔中带刚、悦耳动听的效果，具有演奏、保存、传承的价值，在当时得到传承和弘扬，盛行一时。为加强其保护与传承，日照市人民政府于 2007 年将其列入第一批市级非物质文化遗产名录。

鲁东南地区吹打乐，种类繁多，曲目丰富，奎山夹仓传统吹打乐主要包括两大类别：吹打乐、锣鼓乐。吹打乐，主要表现在民间流传"连成谱"，当地艺人以京剧武场中有名的、动听的综合曲牌为基础，结合本地民间流传吹打乐捏索（艺术加工）整理而成，具有承上启下、优美动听的特点。主要用于迎宾、迎亲、戏前开台、戏中休场和节日娱乐之用，可谓经典曲目。锣鼓乐主要以"斤求两"和"长行"（欢迎曲）为主，流传盛行一百年以上。

夹仓传统吹打乐，伴随民俗活动而产生和发展，既有对古代民间吹打乐的继承、对民间打击乐的有益吸收，还有从戏曲、曲艺乐曲中的引进、从外来民间吹打乐中的汲取。夹仓传统吹打乐已深深地融入了这片土地，并作为重要的乡土文化品牌，激荡在日照的秀美山川之间。

6. 人与海和谐共舞之水族舞

鱼鳖虾蟹闹海潮

水族舞是日照沿海一带村民盛行的民俗舞蹈。解放初期，日照沿海一带水族舞的表演如大秧歌一样广泛热烈，涛雒镇小海村表演水族舞比较突出，已有几代人参与。为加强对"小海水族舞"的保护，日照市人民政府于2011年将其列入第一批市级非物质文化遗产扩展项目名录。

每年正月及渔民节期间都有"水族舞"表演，并演唱《唱花灯》《墙头记》等传统曲目。

水族舞表演以展现众多水族形象和动作为主。由一水族头"海夜叉"领舞或旱船出场表演几个回合。旧时，旱船多由一俊俏小伙伴作美女，"坐"在船内，充当船娘子，船艄公手持桨板，伴随鼓点，做出"拔锚""收揽""行船"等各种动作，船后旁一丑婆，男性扮演，说笑逗闹，"水面"便出现了拟人化的水族——鱼、鳖、虾、蟹、蚌等，载歌载舞，分外生动。

水族舞为群体性表演形式，水族种类越多越好，亦可每种成对，颜色上明显区别，以示阴阳，也可每类为单或成群。较为流行的"鳖蚌相斗"的表演过程是：鳖，由男子扮，嘴中含有哨子，是一个滑稽角色，鳖头可伸缩；蛤蜊（蚌），由女子扮。鳖挑逗蛤蜊，蛤蜊不示弱，表演中不断闹出笑话，如蛤蜊张开壳做勾引鳖的动作，鳖头伸进蛤蜊壳被夹住，鳖与蛤蜊经过一阵厮打，最后鳖从蛤蜊壳内挣脱，摔着脑袋叽叽叫，引得观众大笑。

由于水族造型奇特、制作逼真、色彩鲜艳，加之表演者众多，表演舞蹈动作逼真，如墨鱼放乌烟、梭鱼舞大刀、鳊鱼使飞刀、刀鱼使铁鞭、鲍鱼捧大锤、花螺吹号头、蚌姑娘跳蚌舞等，配上锣鼓器乐，气氛活泼热烈，深受人们的喜爱。

随着社会进步和时代发展，人们文化生活向多元化发展。现在已极少有人参与表演水族舞，在其传承发展过程中面临着被人遗忘的境况。

（三）手造生活

手造让非物质文化遗产的创造性与创新性发展成为可能，非遗重新回归现代生活。何曾想过，春节期间，悬于门楣上的"过门笺"会变成精美的摆件被展示，旗袍上的盘扣缝制在布料纸巾盒上显得高雅别致，农民画也"跑"到了抱枕上、桌旗上，走进高楼大厦。非遗在悄然蜕变，如春风化雨般浸润到现代人的日常生活，非遗也不再是与现代生活相脱节的"老物件"，而是鲜活地呈现在我们生活中的方方面面，是被赋予了现代生活理念的流行时尚，是在继承基础上的创新再造。

1. 古城"钱串子"莒县过门笺
悬于门楣上的愿景

除夕上午，住在胡同口的马老先生就早早地熬好了糨糊，只等大儿子到剪纸名家夏老太太家"请"回"过门笺"，一家人就会忙活起来。过年的时候贴"过门笺"在世代居住于莒地的人们心目中，就像贴对联一样，具有十分要紧的仪式感和承托感。

作为鲁东南的临沂、枣庄、日照等地区传继几百年的民俗之一，逢年过节家家户户必贴的"过门笺"。造访过莒县等地

莒县过门笺

的人大多会发现，无论是乡村院落还是城区住宅，都能看到家家户户的门楣上、窗户上悬飘的"过门笺"，无论"过门笺"上剪刻的是什么文字、词汇，都是心愿的表达，都是憧憬的表露，都是世世代代的期盼。"过门笺"于2008年被列入国家级非物质文化遗产名录，2012年又被列入联合国教科文组织"人类非物质文化遗产代表作名录"，是日照市唯一入选世界级遗产名录的非物质文化遗产。

据"过门笺"传承人最密集的日照市莒县的相关专家介绍，"过门笺"的尺寸大小不尽一致，式样也在传承中不断创新，随着时代发展，不断推陈迎新。"过门笺"大多呈上下为长、左右为宽的长方形，大体都在长16至29厘米、宽8.5至19厘米的范围内。近年来也出现了在厅堂、店铺内悬挂几十厘米至两米多长的大型"过门笺"的现象，人们借此增添新年的喜庆氛围。门户的大门口一般张贴长 29 厘米、宽 16 厘米的大型张"过门笺"，剪文实字的内容多为《万事如意》《万象更新》等吉祥词汇；堂屋一般张贴长 26 厘米、宽 16 厘米的中型张"过门笺"，字文一般为《恭喜发财》《福禄寿禧》等过年短语；卧室大多张贴长 16 厘米、宽 9 厘米的小型张"过门笺"，剪出的也都是《喜气盈门》《生活美满》等字样。

诗和远方不断唤醒着人们对美好事物的追求。"过门笺"上有诗意，也呼应着四面八方。进入新时代，"过门笺"作为一项世界级的非物质文化遗产项目，在国家大力推动非遗"两创"的大背景下，经过几代传承人和非遗保护机构的共同努力，在挖掘传承的同时，传统"过门笺"的功能性、艺术性和民俗性价值正在逐渐向审美、收藏、表达等精神需求方面快速转化，成为"山东手造""日照手造"的主打产品，也在文创领域产品系列开发项目中崭露头角。"过门笺"承载的深厚文化底蕴，正在孵化着具有鲜明时代价值的新的物象和载体，源源不断地融入人们物质生活和精神生活的方方面面。

2. 刘氏盘扣制作技艺

巧手下的"鸳鸯"盘扣情

说起五莲绣娘，就不得不提"刘氏盘扣制作技艺"的传承人们，她们不仅会绣，更能用她们的巧手盘出一枚枚精致脱俗的扣子。树叶扣、树枝扣、玫瑰扣、梅花扣、桃花扣、菊花扣，这些灵感来源于植物的小盘扣栩栩如生，生机勃勃；蝴蝶扣、蜻蜓扣、蜜蜂扣、凤凰扣、孔雀扣，这些灵感来源于动物的小盘扣活灵活现，小巧可爱；"喜"字扣、"福"字扣、"寿"字扣更是精美绝伦。

"树叶扣、树枝扣"是孩子们体验盘扣时的最爱。每到暑假，孩子们便成群结队地来到"刘氏盘扣制作技艺"非遗工坊，体验制作盘扣的乐趣。2022年，由日照市非遗保护中心组织的"日照非遗宝藏行"活动走进了盘扣非遗工坊，一群来自城市的孩子们第一次亲眼看到"盘扣"的制作过程，第一次亲自下手体验制作盘扣。9岁的体验者赵鑫越说："做盘扣很有意思！以前听姥姥说过，老一辈的人都是自己做纽扣。那时，我觉得好神奇！今天，不但亲身体验了制作盘扣，而且还做了属于自己盘扣。好高兴！"

如果说"树叶扣、树枝扣"是孩子们的最爱，那"凤凰扣、孔雀扣"就是年轻女孩们渴望得到的一件精美装饰品。动物类形状盘扣制作比较复杂，需要"绣娘"兼具绘画、刺绣、造型等能力。一件好的作品，一般要经过反复的推敲，多次的尝试，方能确定初稿。进入正式制作过程后，绣娘们便开始了她们的"宏图霸业"，历时3至5天，更有甚者要一月之久。2018年，日照市第一届非物质文化遗产博览会期间，凤凰扣吸引了曲阜师范大学、济宁医学院、日照职业学院等 批高校学生驻足并争相购买。

盘扣作为传统服饰中的重要组成部分，它既有实用性也有美好的寓意。近年来，在市非遗保护中心的指导下，五莲"刘氏盘扣"特别重视传统文化的挖掘，不断丰富盘扣的美好寓意。

3. 日照农民画

握锄耕千里，执笔绘山河

农民也能画画？握锄的手何以执笔？日照农民画又将表现出怎样不同的风景？关于日照农民画，诸多疑问由此而生。

日照农民画是日照地区重要的民间艺术。日照作为中国农民画最早的起源地之一，与上海金山、陕西户县并称为中国"三大农民画乡"。作画者都是地地道道的农民，可没有经过系统学习的农民如何作画？日照农民画并非师承专业人士，而是由民间抹画发展而来。他们根据自己的想象去表现生活中的场景，下笔大胆奔放，自由度高，朴拙的画风在众多美术作品中成为一朵"奇葩"。在此基础上，日照农民画以民间抹画为底色，在文化馆的帮助下不断吸收民间剪纸、年画等民间作品的特色，逐步形成了色彩艳丽、线条粗壮、构图饱满的日照"气质"。

农民画所展现的日照"气质"，不鸣则已，一鸣惊人。1987年，日照农民画登上中国艺术的最高点，在中国美术馆举办了专题展览；1988年，国家文化部授予日照"中国现代民间绘画画乡"的称号；2014年，国家文化部再次命名日照东港区为"中国民间文化艺术之乡——农民画"。21世纪以来，日照农民画走出日照、走出国门。究竟是怎样的奇异，才让农民绘制的画作得此殊荣？

时代发展过程中，思想得到解放，农民画涉及的题材越来

日照农民画

越丰富，日照本地的民风民俗、生活场景、生产过程和幸福瞬间都被加入其中，以个人独特的风格表现出来，沉淀出强烈的日照"气质"。

他们没有受到千百年来形成的"官方审美"的影响，摆脱了条条框框的束缚，根据自己的意愿绘制内容、搭配色彩。正因为如此，日照农民画拥有自己极其强烈的艺术风格，代表着每一位传承人的思想情感，混合着群众的风俗习惯和集体意识，带着日照地区的根！

随着一代代人的不懈努力，日照农民画在继承中发展创新。农民画作为我市靓丽文化品牌走向世界。农民画绣作为日照农民画的衍生品，根植并传承于日照地区传统的农民画绘画艺术，通过再次设计创意，延伸成为更实用、便携、生动有趣的刺绣文创产品，让承载着地方特色文化的日照农民画这项民俗绘画艺术得到了升华和更有效的传承。

4. 传承五千年的日照黑陶

泥与火的艺术

　　日照黑陶的历史悠久，可以追溯到五千年前的新石器时代。随着时光的推移，人们逐渐摸索出了独特的工艺和技法，日照黑陶因此得以独树一帜，成了中华黑陶文化的瑰宝。2012年日照黑陶烧制技艺入选山东省级非物质文化遗产名录。

　　泥与火，是日照黑陶的两大主要元素。制作日照黑陶首先要选取优质的陶土，它需要具备粘性好、耐高温等特点。经过挑选、搅拌和放置等一系列工序，陶土逐渐形成坯体。接下来，是最关键的一步——烧制。陶匠们将坯体放入高温窑中，让火的力量与泥土相融合。在高温的作用下，陶瓷逐渐成型，呈现出独特的黑色，这便是日照黑陶的特征之一。

　　然而，日照黑陶的烧制并非易事。它需要陶匠们对火候的把握有着极高的要求。火太旺，陶器易开裂；火太小，陶器色

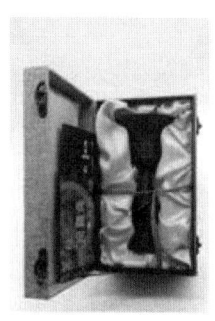

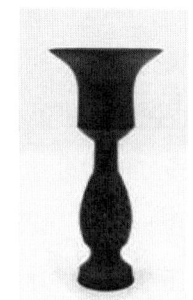

日照黑陶文创产品

泽不鲜艳。因此，陶匠们需要借助自身丰富的经验和对陶土特性的深入了解，才能在火候的掌控中创造出完美的作品。

日照黑陶不仅仅是一种艺术品，更是一种传承和融合。

如今，日照黑陶已经成为一张独具文化魅力的名片，走向世界。它的独特之处吸引了越来越多的目光。无论是国内还是国际的陶瓷艺术展览活动，都能看到日照黑陶的身影。它的传承和发展离不开无数黑陶制作技艺传承人的辛勤耕耘和创新精神。

传承五千年的日照黑陶，它是一种独特的艺术形式，也是一种文化的传承。它通过泥土与火的完美结合，以自然朴素的风格和独特的艺术表达方式，向世人展示日照黑陶的独特魅力和文化内涵。它融汇了中华文化的精髓，展现了中华民族的智慧和创造力。

日照黑陶的传承源远流长，但它并非停留在过去，而是与时俱进，不断融入当代的审美和创新。在当代艺术家的努力下，日照黑陶不断进行艺术上的探索和突破。陶匠们大胆尝试新的工艺和技术，结合现代审美理念，创作出更具个性和时代感的作品。这种传统与创新的结合，使日照黑陶焕发出新的生机和活力，也让更多的人欣赏和喜爱这一独特的艺术形式。

5. 三庄石雕石刻

刀锋石影的情怀

左手拿着特制的钻石笔，右手拿着小锤，小锤子敲打在钻石笔上，钻石笔的笔尖在墨玉上留下细密的小白点。伴随着叮叮当当的敲击声，成千上万的小白点组成活灵活现的画面。钻石笔，是水泥钉模样的尖刀，在三庄石雕石刻代表性传承人崔华手里变成了挥毫泼墨的画笔。

三庄石雕石刻是一种手工雕刻工艺，起源于清代，起初主要用于修复纪念铭文、名人旧墓碑复制翻新、民间家族谱碑、石质用具制作等，如磨盘、碌碡石、门砖石刻花和建筑桥栏杆的制作。后来，传承人尝试采用纯天然黑色大理石材料，运用"针白黑"浅雕工艺及黑白明暗的光学原理，精心雕琢出伟人等人物肖像、山水壁画及动物花鸟等。三庄石雕石刻集绘画、素描、雕刻于一体，既具有西洋绘画的严谨造型，又具中国绘画的笔墨神韵。

三庄石雕石刻的工艺流程大致分为选料布局、打坯戳坯、放洞镂雕、精刻修光、打光上蜡五道工序。通过使用特制的钻石笔、小锤，配合娴熟流畅的刀法，在光滑的大理石面上，刻制出人物肖像、名人诗词、动物花鸟等形象，深受大众欢迎。

"一锤一錾总是情，万千气象石上留。"日照市三庄石雕石刻于 2016 年被列入山东省人民政府公布为第四批省级非物质文化遗产。代表性传承人崔华影雕作品兼具写实性与写意性，通过钻石笔等独特的工具，打磨、上光，把人物形象以及山水画意表现出来，作品线条流畅、栩栩如生。完成一件影雕作品远非想象中的简单，对腕力和眼力的要求极为苛刻，米粒大小的面积就要周旋 1000 多个点，一个一二平方米的作品至少要花费两个月的时间。2015 年 6 月，第三届中国—中亚论坛在日照举行，崔华应安排为乌兹别克斯坦副总理定制了影雕白玉盘。

近年来，三庄石刻石雕成立了"影雕车间"，通过引导群众掌握一门技艺，提高生活质量，让群众走上致富之路，推动乡村振兴的发展。

6. 五莲石磨制作技艺

"磨光岁月"

石磨是中国农业社会中较为普遍的粮食加工工具，尤其在北方以谷物种植为主的黄河流域，有着漫长的发展历史和广泛的分布区域。石磨是古老的石质农业生产工具，从石磨盘、石磨棒追根溯源，石磨诞生于距今10000多年前的旧石器时代。

五莲县制磨历史悠久，县域内于里镇、高泽镇、街头镇等地石磨匠人辈出，制作的石磨行销各地。今天在于里镇百年以上的石磨随处可见，产品流通到周边诸城、临沂等城市的诸多乡镇。随着工业化时代的到来，石磨慢慢退出历史舞台，石磨制作技艺濒临消亡，于里镇赵家辛庄的赵氏家族坚守传承，将数百年的五莲石磨技艺传承至今并发扬光大，成为五莲地区最具代表性的石磨制作流派。

赵老汉石磨制作技艺是五莲几百年石磨制作工艺的浓缩，它继承总结了五莲数百年间的工艺特色，完善了十二道大工序，二十道小工序的工艺流程，保留了手工锤凿的关键工艺，并对磨膛凿刻、磨齿咬合等技术进行了创新发展。生产出来的石磨结实耐用、高效省力、料不挂膛、轻便美观。

历经两百余年、七代传承人经验积累，赵老汉石磨技艺已形成独特的制作工艺和石磨文化，已与五莲石磨技艺融为一体。使得它在加工粮食作物时，保留了中国传统美食的精华，更具健康、环保、安全、高质的特点。

赵老汉石磨技艺坚持"非遗手造创新转化模式"，以中国石磨文化为核心，实现服务生活、多元赋能、跨界融合、带动产业发展，助力中华传统工艺振兴。创新的外观设计使石磨小巧轻便、清新自然，独特的石材质感能够给现代生活带来大自然的气息，同时还把石来运转、团圆美满、和气生财的民俗文化融入现代家居，后续研发的系列产品兼具实用和装饰功能，体现了艺术审美价值。

如今，以赵老汉石磨为代表的五莲石磨技艺已逐渐走近人们视野，走进我们的生活，它代表的不仅仅是传统的老工艺，更清晰地刻录着那段难忘的乡村文明历史，唤起人们记忆深处的乡村角落，诠释着古老的乡村文明与发展。石磨，是淡淡的乡愁，更是浓浓的国韵。

7. 五莲割花

"绣"与"割"的艺术碰撞

五莲县地处黄海之滨的鲁东南低山丘陵区，以多山而被世人熟知。生活在这里的男人们每天上山下地，脚自然是最辛苦的。女人们为了让自己的丈夫少受点罪，就自制了一种垫子绣在丈夫们的鞋中，让鞋子穿上去更加柔软。解决了这一问题后，又一个问题出现在女人们面前，那就是怎么样让鞋垫更加的保暖和吸汗，于是五莲割花便应运而生。

五莲割花讲究传统的纯手工制法，共有六道步骤，分别是：棉壳制作、固定小样、设计图样、加衬制模、挑彩纳绣、分割开绒。其中，"割"作为五莲割花的核心特征，就是将一副绣好的绣品用利刃一分为二，成为一双绣品，这也是区别于其他刺绣的关键之处。

随着割花在实际生活中的大量需求，割花又渐渐地被融入民俗礼仪之中，在婚嫁迎娶、礼仪馈赠的民俗礼仪中都闪烁着割花俏丽的身影。时光流逝，割花鞋垫早已不再是人们的生活必需品。闫秀荣是五莲割花技艺的传承人，从十多岁拿起针线，如今已走过了50多个年头。凭借丰富的技艺与现代生活相融合，创新制作出布老虎、香囊等众多精品之作，它们在外形上别致新颖，在质量上也延续了传统割花的特点。这种工艺品借助互联网的力量，收获了大批订单。真正意义上将非遗保护与传承从"展品"变"产品"，推动割花融入现代生活中。

千缕丝线被银白色的绣花针编织成了"平安""喜鹊登枝""鸳鸯戏水"还有那大红的"喜喜"字儿的具体形象。现如今，割花不但成为五莲传统文化的标志性符号，而且通过开发利用割花这 手工艺品，带动了一大批农村妇女从事割花制作。通过免费的培训，打造"培训＋文创工坊＋电商"模式，既增加了农民收入，助力脱贫致富，又带动了邻里和谐，推动割花融入乡村振兴战略中，促进了乡村文明振兴发展。

（四）日照味道

日照美食是山与海的味道，日照人民用勤劳的双手，烹制出一道道特色美食，这里不仅有味道鲜美的海沙子面，入口唇齿生香的蟹酱豆腐，既美味又养生"寓医于食"的八大碗民俗宴席，还有清代日照县唯一朝贡品京冬菜，传统工艺匠心酿造的五莲原浆。丰富独特的非物质文化遗产是人们记忆中的璀璨珍宝，也是生活里的温暖印记。"这世上，唯有爱与美食不可辜负！"日照美食，是家的味道，是记忆的味道，是安心的味道，来日照品尝地道的特色美食吧，日照美食定能满足你挑剔的味蕾。

1. 日照的绿色茶饮

炒茶人的"执着"

中国日照、日本静冈和韩国宝城绿茶是世界茶学家公认的三大海岸绿茶城市之一。日照绿茶是中国最北方的茶，因地处北方，昼夜温差大，茶叶生长缓慢，具有南方茶所没有的特点。日照绿茶具有汤色黄绿明亮、栗香浓郁、回味甘醇、叶片厚、香气高、耐冲泡等独特优良品质，中国农科院茶科所对日照绿茶评价:香气高、滋味浓、叶片厚、耐冲泡,属中国高档绿茶。2006年3月23日,原国家质检总局批准对"日照绿茶"实施地理标志产品保护。

手工制茶技艺是巨峰民间的一种传统手工技艺,是将采摘下的新鲜茶叶放在锅中炒干,是用开水冲泡饮用的传统手工技艺。随着科学技术的进步,目前已基本上被机械化所替代。

20世纪60年代,巨峰镇将南方的茶树引种到北方实验种植成功,人们将茶芽采下,几经试验,用自家做饭用的铁锅以炒野菜的方法炒制。为炒制方便,将做饭用的铁锅偏支成倾斜60℃左右,用木柴烧火将锅温烧到100℃以上,将采摘下的鲜叶经过摊晾后放在锅中不停地翻动进行杀青。大约十几分钟后把火调小揉搓,边揉搓边翻动,这样揉捻炒到半干,再进行烘干造型,最后提出香度(提出茶香),整个过程大约1个半至

日照绿茶

123

2 个小时，才能炒制出香喷喷的茶叶。

要想获得一杯好茶叶，茶的炒制方法必然重要，但茶的冲泡方法也是关键要素。高温清洗茶具，取干茶放入杯中，倒入少许水轻轻摇晃，把水倒掉称为"洗茶"，接着用 90℃ 左右的热水冲泡 2 ~ 3 分钟后即可饮用（冲泡时不要加盖）。

日照绿茶香度浓厚，耐冲泡，有浓郁的板栗香和豌豆鲜味。目前，日照绿茶享誉全国，南到广东，西到新疆，北到东北三省，内蒙古一代，甚至许多国家也非常认可日照绿茶。南茶北引后，日照绿茶逐渐成为日照市的一张赫赫有名的城市名片和新的支柱产业。外来游客来日照旅游参观首选的地方特产之一就是日照绿茶。

如今，随着日照绿茶种植面积的扩大，产量的增加，日照茶手工炒制技艺因费时费工，已远远跟不上形势，取而代之的是机械化生产，原始手工制茶技艺已经濒临失传，然而手工炒制的茶叶比机械炒制的茶叶要茶胚完整，色泽鲜亮，口感清甜，对研究日照地方茶文化及人文风情具有重要的历史文化价值。因此，保护和传承日照茶手工炒制技艺具有非常重要的意义。

2. 海沙子面

"孝子面"的来历

海沙子面有一段传奇的故事。相传，日照沿海的一个小渔村里，有一位叫李明的年轻人，他是村里的孝子典范。李明的母亲年迈多病，村民们都叫他"李孝子"。一日狂风骤雨，渔

民们都无法下海捕
鱼。但是李母特想
吃一碗海鲜面条。
李明便跑到海边挖
了一碗沙子，打算
用沙子的鲜味煮一
碗面，但是偶然发

海沙子面

现了一种细小的海生物，并用它们做了一碗汤面。汤面鲜美且
营养丰富。可能是上天感念李明的孝心，李母吃了面后身体好
了。从此海沙子面便被称为了"孝子面"。

　　"海沙子"有人可能还不知道是个啥，它其实是一种蛤喇，
学名"兰蛤"。"兰蛤"幼苗时期很小，彷如沙子，因此会被
渔民们称为"海沙子"。可不要小看了这小小的"海沙子"，
它的味道很是鲜美，有着极高的营养价值。在二十世纪八九十
年代，海沙子面堪称日照家喻户晓的传统美食。那时候物资相
对匮乏，一般家庭舍不得经常买鱼虾来吃，一斤的海沙子，做
成海沙子面，一大家子人既能吃饱又能解馋，成为多数家庭常
见的主食。

　　这，便是李秉轩记忆里，家的味道。

　　2017 年，李秉轩开始考察海沙子面量产化的可能性，用
他自己的话说，那是一份日照人油然而生的使命感。然而，做
好一碗海沙子面，却并不那么容易。

　　"很多种面食的汤是可以用调料调出来的，唯独海沙子面
的味道调不出来。"原来，制作海沙子面讲究一洗、二淘、三

煮、四滤，这四个过程耗时费力，做一次得 2 个多小时。不仅如此，海沙子属于时令海鲜，在日照沿海中又属涛雒镇的海沙子味道浓郁，如何将每年 5 月—10 月时最鲜美的海沙子储存下来，也是一个大难题。

幸运的是，中国海洋大学一位教授让李秉轩的梦想照进现实，他的常温贮存技术可使海沙子卤汁实现常温保质期 8 个月，也就是说，从当年 10 月海沙子退市后，李秉轩的海沙子卤汁能让"好这口"的人持续尝鲜到次年 2 月——"福岚鲜"海沙子卤汁应运而生。

3. 五莲原浆

传统工艺匠心酿造

俗话说"无酒不成席"，酒，特别是白酒，一定程度上影响着中国人的生活方式。

根据文献记载，五莲县酿酒历史源远流长。早在隋朝时期，五莲县的居民就已经熟练掌握了酿酒技艺，并且每逢重大节日，便会用自家酿造的酒款待客人。这一传统风俗成为当地社会的重要部分，并且得到了广泛的认可和推崇。

1958 年，在当时县委县政府的号召下，在合并多家酒坊的基础上，成立了五莲县酿酒厂。充分发掘了民间酿酒资源，继承了传统的老五甑酿酒工艺并发扬壮大，让传统酿酒技艺不再成为我们对历史的一种回忆。

近年来，"五莲原浆酒传统酿造技艺"被认定为山东省非物质文化遗产代表性项目，并依靠传承创新，将单粮浓香鲁魁酒做出了同行业无可复制的产品优势。在具体工艺方面，采用传统单粮工艺，使用已有六十余年的老窖池发酵，是省内规模以上酒厂中唯一一家单粮工艺企业。单粮工艺酿制的白酒与多粮型工艺相比，在口感上窖香优雅味正、更加绵柔、爽口，后尾干净，高级醇类物质含量低，饮后舒适。

当前，随着消费者饮酒习惯的改变，五莲原浆顺应时代的变化，在传承传统老五甑单粮工艺的基础上，结合酒体设计风味学的原理，进行生产全过程的酒体风味设计，形成产品的个性化特点，表现为香型淡化，复合香突出，优雅细腻，刺激性差，不易醉，醒酒快等优点，满足新时代消费者的需求，打造鲁酒新明珠。

针对五莲地区白酒文化展开系统研究，提升科学内涵，讲好五莲酒故事，先后建成了文化长廊、藏酒洞、酒文化博览馆等设施，其中酒文化博览馆直观地呈现了酒厂的传统老五甑纯粮酿造技艺及浓厚的历史文化底蕴，独特的酒文化每年吸引一万多名游客来参观，被评为市级文化产业示范基地、市科普教育基地、市中小学研学旅行实践教育基地和市青少年校外教育实践基地。品牌文化在不断的参观交流中深入消费者人心，大力提升了品牌内涵和影响力。五莲原浆承载着五莲悠久的文化历史、独具匠心的手工艺，将人文历史、白酒文化、匠心精神和科技价值灵活多样地介绍给大家，把它们融入生产、经营、管理当中，内化于心，外化于形，在深厚的历史传承下，五莲原浆逐渐成为五莲人民走向世界的文化自信。

4. 走进京城的京冬菜

清代日照县唯一贡品

日照的京冬菜制作技艺已有 160 多年的历史，大约产生于清光绪年间，据《日照商业志》记载，京冬菜创牌于清咸丰元年（1851）日照县涛雒镇的"裕源酱园"。其所生产的京冬菜因条索细匀、色泽金黄、清香宜人、味美可口，形、色、味别具一格，而誉满京城，成为清朝时期日照县唯一的朝贡品。

据文献记载，每年农历三四月间，货到上海，争相抢购，裕源生产的京冬菜每担（百斤）多卖二十两银子，尚供不应求。从此，京冬菜便出了名。

新中国成立后，以裕源酱园为基础，合并日照县 8 家酱园，成立国营日照县副食品厂（后改为日照县酿造厂），二十世纪七八十年代，京冬菜得以很好发展，商务部颁布冬菜标准即为裕源酿造厂标准，并在 1988 年全国首届食品博览会展销会上获铜奖。2007 年，"京冬菜生产传统工艺"被列入日照市第一批市级非物质文化遗产名录。

京冬菜制作具有严格的标准，白菜选择也极为讲究。据记载，清末"裕源酱园"焖做京冬菜所选取的白菜多来自涛雒镇的刘家菜园，因此地有一眼甜水井，水甜使得菜亦甜。选用心紧叶嫩、汁水丰盈鲜甜的鲜白菜做原材料，将其削根去土，剥除青帮，只留白而嫩的白帮和菜心，而后便是考验刀工的切菜。"刀不离手、手不离菜"，切出的菜条讲究细、匀、美。切好

京冬菜

的菜条铺匀日晒，经常翻动，三到五天即干。晒好的干菜，与
自制的裕源酱油、定制的绍兴酒按比例混合，搅拌均匀进行揉
碾，每日一次，连揉七天。揉好的菜坯再加入三碗去梗去种
的花椒皮、绵白糖、天然晒露等辅料。拌匀、捣实装坛至坛
脖口下。坛口所留空间为装缸头专用。缸头是取整棵酱干白菜，
洗净加盐晒干，再放入锅内用酱油炸至表面出现一层白壳时，
把酱干白菜取出置入坛头，然后封坛。

　　另外，腌制京冬菜的坛子也有一定的标准。一般所用的坛
子肚大口小，色微红，不透气，不显卤。封口时用桑皮纸，以
猪血、石灰为黏合剂，共糊十层，中间一层白布，再用细绳扎
紧。封口严密使京冬菜在坛中焖发，致味香宜人，焖发百日后
即可食用，一般成品可存三年之久。一碟京冬菜，赋予了白菜
新的生命力，使之褪去生涩，变得清亮、甜脆、鲜咸。

　　人生有百味，五味最常在，酸甜苦辣咸是舌尖上最直接的体验。最平常的五味往往能碰撞出不平常的内心享受，日照人热爱京冬菜，不仅仅是为了那份咸香诱人的味道，更是为了保留任凭时代变迁却依然单纯质朴有温度的印记。

5. 日照八大碗民俗宴席

海边灶台上的饮食文化

在重大节日或重要来宾到访时，山东人会在家中准备一桌丰盛的民间宴席。对于山东的人来说，民间宴席中的八大碗和十大碗是常见的传统文化表达形式，日照八大碗民间宴席却独具一格。

首先，"司岁备物、应时而食"，这是指日照八大碗民间宴席根据季节来选择食材和调料的做法。日照八大碗民间宴席的食单非常考究，旨在达到"药食同源、寓医于食"的效果，遵循大自然的阴阳之气，制作出宴席，并形成了具有当地特色的四季食单。

其次，"靠山吃山，靠水吃水"。日照八大碗民间宴席虽有四季食单，却也有一定偏重，海里的"美味"成为八大碗民间宴席的主要食材，以"鲜""活"二字著称。当地人民以当地常见的食材为主，采用炖、焖、蒸等烹饪技术，制作出独具日照特色的渔家饭。

日照八大碗民俗宴席在当地有着悠久的历史，据《日照盐业志》记载，自明朝时，部分日照地区沿海村民是从江苏东海县迁来此处，世代在此地晒盐、打鱼为生，并逐渐制作较有特色的渔家饭。

后来，乔苓酉将当地渔家宴的做法及饮食习俗与鲁菜、胶东菜的做法相结合，慢慢形成了集食材选择、饮食习俗、饮食做法于一体的八大碗民俗宴席。时光推移，日照八大碗逐渐演变为一种自发性的民俗宴席，其独特的饮食礼仪和风俗特色不断完善发展。八大碗民俗宴席一般上四道凉菜、八道主菜，俗称四盘八碗，寓意四平八稳、行稳致远。在一些重要场合还会上两个果盘，四个压桌碟，作为开胃菜。整个宴席要有鸡有鱼，寓意大吉大利。

时代在进步，日照八大碗民俗宴席在传承中不断发展，无论是请客或者庆祝、在日照歇脚感悟风土人情，或是老友围坐谈天说地，都能在"吃"中感受到日照的热情。体悟的民俗情感或异或同，或淡或浓，都是一种文化的传承。

四

百年考古　世纪辉煌

自二十世纪三十年代初开始，日照地区的考古工作便与中国的田野考古一同起步，至今已跨越两个世纪，参与机构之广，参与专家之多，堪称考古界翘楚。日照市各类遗址丰富，文化脉络清晰，考古成果丰硕。经过近一个世纪的考古历程，日照以其高度发达的史前文明一直吸引着国内外专家学者的目光，被考古专家誉为"考古圣地"，成为探讨中国文明起源和早期国家形成等重大史学理论课题的理想区域。

　　经第三次全国（不可移动）文物普查及第一次全国可移动文物普查统计，日照市现有不可移动文物 1236 处，可移动文物 31694 件。本章节重点介绍日照地区的重要遗址、墓葬和典型出土器物代表。以抛砖引玉之意，吸引更多的读者关注日照、了解日照、走近日照。

（一）遗址寻踪

日照，历史悠久，文化灿烂。作为中华文明的重要发祥地，早在数万年前的旧石器时代晚期，就有人类在这里繁衍生息。到新石器时代，日照先民创造了先进的大汶口文化和龙山文化。这里是 6000 多年前我国图像文字的发源地，经过绵延不绝近千年的发展，到 4000 多年前的龙山文化中晚期，日照史前文化发展达到了顶峰，聚落迅猛增长，逐渐发展成为以两城镇、东海峪、丹土、尧王城等多个驰名中外的中心聚落遗址，创造了当时最为先进的龙山古国文明，使日照最早迎来文明的曙光。

2020 年 12 月 20 日，日照市博物馆新馆开放，史前文化展厅再现史前文明

到了汉代，日照再创辉煌，海曲汉墓发掘被评为 2002 年度全国十大考古新发现。众多考古资料文献资料证实，日照是东夷文化的重要发源地，是史前崇尚鸟图腾的土著民族，在不断的发展进程中，由鸟到三足金乌到凤凰图腾，形成了中华民族的龙凤图腾。三足金乌驮日的传说证实，鸟图腾崇拜与太阳崇拜融合在了一起。

1. 一片红烧土命名的丹土遗址
以玉为礼展史前风采

　　丹土古城位于日照市五莲县潮河镇丹土村周围，因在村东侧有大片红烧土而得村名，遗址中南部被村子占压，故称"丹土遗址"。东邻胶南市，西北距县城 42 公里，南距日照两城镇遗址 4.5 公里。面积约 40 万平方米。经中美联合考古队依据地表陶片、石器等考古遗物分布判断，认为面积当为 130.7 万平方米。遗址位于高埠上，较四周高出 1 ~ 1.5 米，自西向东倾斜。文化层在 0.5 ~ 3 米之间，最深处达 4 米，包含有大汶口文化、龙山文化、商周至汉代等遗存。遗址经过多次勘探发掘，最重要的收获是发现了大汶口文化晚期、龙山文化早期和龙山文化中期三个连续扩展的城址，为海岱地区最早发现并经科学发掘的大汶口文化晚期城址。1977 年、1996 年分别被公布为山东省和全国重点文物保护单位。

　　讲到丹土遗址，不得不先讲一下国学大师王献唐先生。王献唐的名字在今天或许对大多数人而言有些陌生，而在中国史学界，他的地位却举足轻重，是我国近现代著名的历史学家、考古学家、金石文字学家、版本目录学家和书画家，又是山东近现代图书馆与文博事业的开拓者和奠基人、中华民族文化遗产的传承人与守望人，为齐鲁文化的搜集、整理与保护做出了杰出的贡献。他在文字音韵、训诂、金石、考古、史学、目录、版本、校勘等方面卓有建树，有人称之为"中国近300年来罕见之学者"。王献唐先生最为人知的是抗战时期辗转入川、舍命护宝的故事，当时他正任山东省国立图书馆馆长，他曾在给同事屈万里的信中表示："无论如何，亡国奴帽子至海枯石烂，兄决不戴也……"可见其对护宝行动的坚决和誓死不归。那么王献唐先生与丹土遗址究竟有何关联呢？这事又要上溯到王献唐的父亲。王献唐的父亲王廷霖是当地著名中医，对金石小学等均有研究。1900年，痴迷于金石的王廷霖路过丹土村，发现了众多石器，带回家后送给儿子王献唐一个玉钺，四岁的王献唐将这一场景牢记于心，没承想一座古城在沉睡数千年之后，竟被他唤醒了。1934年春天，时任省立图书馆馆长的王献唐提议，中央研究院历史语言研究所的王湘、祁延霈先生对山东东部沿海地区进行考古调查，正式确认了丹土遗址。

遗址发现后，先后有山东省文物管理处、山东大学、山东省文物考古研究所、山东博物馆、故宫博物院、中国社会科学院、中美联合考古队等单位对其做过多次调查、勘探和发掘。出土了大量陶器、石器、玉器、铜器等。其中1956年冬至1957年春文物普查时发现的4件玉铲和4件玉环，被中国国家博物馆收藏。在山东省博物馆收藏的也有十几件，在五莲县博物馆收

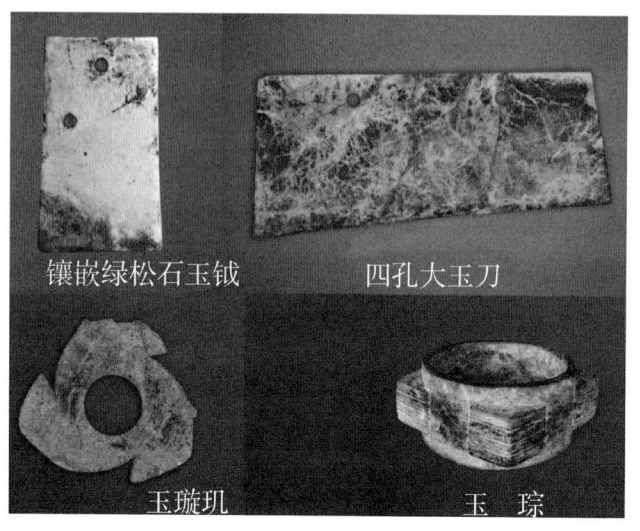

镶嵌绿松石玉钺　　四孔大玉刀

玉璇玑　　　　　玉琮

玉器

藏的多达 30 余件。其中一件龙山文化时期的四孔大玉刀是目前发现最完整、最大的，长 51、宽 22、厚 0.3 厘米；一件是江北出土直径最大的龙山文化时期的玉璇玑，外径 22.5、内径 7.1、厚 0.5 厘米；另一件是玉琮，内作圆筒状，外为方形，单节，高 3.4、孔径 6.3、边宽 7.3 厘米；还有一件是大汶口文化时期的镶嵌绿松石玉钺，长 30.5、宽 18、厚 0.3 厘米，代表了我国最早的玉镶宝石技术。此外，还出土了玉戚、玉鸟饰、玉铲、玉璜、玉璧等各种精美玉器。丹土遗址出土玉器数量之多，且精美，证明了城市文明发展到一定水平，才会出现象征权力和贵族富有的玉器。这充分证明了丹土遗址应是当时的一处中心聚落。

1995 年春、1996 年秋冬、2000 年春秋、2015 年春，山东省文物考古研究所联合日照地区相关文物部门对丹土遗址进行了多次考古勘探和发掘，取得了重要考古发现。发现了丹土古城址是由城墙和壕沟组成的三个由早及晚、由里及外、由小到大，依次叠压、逐渐扩建，平面形状基本一致的大汶口文化、龙山文化城址。遗存层位关系清楚，清晰反映了丹土聚落演变的五个阶段，分别是大汶口文化晚期偏早阶段中心聚落、大汶口文化晚期城、龙山文化早期城、龙山文化中期城、龙山文化晚期一般聚落，是研究聚落演变的极好个案。城墙、壕沟、城门、蓄水池、排水池等布局与功能分区变化基本清楚。所有这些迹象表明，当时充分考虑了城址与地形地势、气候等环境关系，城内布局、功能基本清楚，为城市考古、城市发展脉络等提供了极其重要的依据。

丹土古城址出土了丰富的陶器、玉器、石器、铜器等，并出土一定数量的蛋壳陶，器壁极薄、器表黝黑光亮、造型优美、技艺高超，代表了龙山文化制陶工艺的最高水准；特别是出土的精美玉器，数量众多、制作精细、等级较高，是同时期遗址中出土数量最多的，且器形人、扁薄、嵌绿松石、钻双孔等，充分体现了海岱地区玉器的典型特征；重要的玉器如玉璇玑、刀、琮、璧、钺、铲、鸟形饰件等，为山东地区史前玉器研究提供了重要资料。

综上所述，丹土古城址为研究鲁东南地区大汶口、龙山文化面貌、分期与年代，大汶口文化向龙山文化的过渡，以及鲁东南地区东夷文化的融合与重组、扩展，族团的社会发展等重大学术问题，提供了非常典型而又丰富的资料，并具有重要的启示价值；对探索史前城市的产生与发展，深入研究中国文明起源等都具有重要意义。

2. 东海岸边的重大考古发现

揭示史前文化传承的"三叠层"

东海峪遗址位于日照经济技术开发区北京路街道东海峪村，发现于1960年，东北距两城镇遗址24公里，西南距尧王城遗址16公里。遗址公布面积约8万平方米，文化层厚1～2米，文化内涵十分丰富。二十世纪九十年代末，中美联合考古队在对遗址调查后提出，遗址公布的8万平方米系指中心区域，实际面积应在20万平方米以上。1977年，该遗址被省政府公布为省级文物保护单位。2006年，遗址被评为第六批全国重点文物保护单位。2021年10月，遗址入选由山东省文化和旅游厅（山东省文物局）主办、山东省考古学会承办的"山东百年百项重要考古发现"。

1975年东海峪遗址考古发掘现场

早在1928年，吴金鼎先生在城子崖遗址发现龙山文化，这是由我国考古学家首次发现并命名的史前文化。龙山文化虽然发现较早，但是对这一文化面貌和文化特

140

征的认识却经历了漫长的过程。龙山文化的来源和龙山文化之前山东原始文化的面貌究竟是个什么样子，一直是个谜。

新中国成立后，考古工作者开始不断探索山东龙山文化的源流和年代问题，取得了一些成果。由于受当时认识水平的局限，全国各地凡具有黑陶特征的文化都被称为龙山文化。1959年，在山东泰安大汶口镇发现了一种崭新的文化类型——"大汶口文化"。经考古学家比对，认为大汶口文化要明显早于龙山文化，但还不清楚两者是不是有直接的传承关系。直到1975年日照东海峪遗址"三叠层"的发现，终于将困扰在考古界的这一学术难题迎刃而解。

所谓"三叠层"，是指东海峪遗址发现的大汶口文化晚期、大汶口文化向龙山文化过渡期和龙山文化早期依次叠压的地层关系。东海峪遗址"三叠层"的发现，首次证明了大汶口文化与龙山文化的直接传承关系，且两者属同一文化谱系；从发掘出土的陶器形态演变，以及墓葬和房屋关系上都可得到充分证明。"这就不仅第一次找到了这两种物质文化的过渡地层，使我们对这两种文化的断代，以及前者如何具体地过渡到后者等问题的认识更加清楚，而且也为山东龙山文化的初步分期提供了重要的地层根据"。这一发现，使山东史前文化研究更加系统化，产生了纵向和横向两个方面的积极影响。纵的方面，它使大汶口文化和龙山文化衔接起来，形成了中国东部连绵不绝的文化链；横的方面，它为相邻地区同期考古学文化提供了可资比较的资料，具有重要价值。

除了"三叠层"，东海峪遗址还发现了12座大汶口文化晚期至龙山文化早期房址，皆为方形台基式建筑，并且在建房过程中都使用了夯筑技术。房屋主要由台基、土墙、室内地基、灶台、墙外护坡及出入口等构成。这种方式具有抬高地表以起防水、防潮等作用。这不仅是龙山文化地上房址的首次面世，也是史前时期夯筑台基式房屋的首次发现，这一建筑技术后来被作为龙山时代建筑技术的巨大进步而受到特别关注。可以说，东海峪遗址的台基式建筑引领了当时中国最为先进的建筑技术，在整个古代建筑史上都具有划时代的意义。

此外，东海峪遗址还发掘出土了大量精美的陶器，其中尤以蛋壳黑陶镂孔高柄杯堪称一绝。蛋壳陶是龙山文化所特有的一种陶系，因胎壁薄如蛋壳，故名；有"黑如漆，明如镜，薄如壳，硬如瓷"的美誉，代表了龙山时代制陶工艺的最高水平，其后的历朝历代再也没有哪个时期可以与之相媲美，即便是在科技高度发达的今天，制陶的能工巧匠也难以仿就。这同时表明，蛋壳高柄杯已经超出饮酒器的范畴，而是作为礼器，象征着死者生前拥有的财富和地位，说明当时社会贫富分化差距已经非常明显。

2006 年，日照市博物馆工作人员在遗址东南部一处剖面，发现了大量牡蛎壳、海螺壳以及其他种类的贝壳堆积。当时许多学者认为，山东新石器时代贝丘遗址多分布于胶东半岛，鲁东南并不存在。东海峪贝丘遗迹的发现，说明海洋捕捞应是当时渔猎经济中的重要组成部分，这也填补了鲁东南这一时期贝丘遗迹考古的空白。

让我们畅想一下 4000 多年前的日照，先民们在"因日出初光先照"而得名的这片美丽富饶的土地上，用勤劳的身躯和汗水，创造着灿烂无比的新石器时代文化；以智慧和对美的追求，丰富着史前社会物质生活和精神生活。由他们所创造的先进文化，无不闪烁着远古文明的光彩，标识着历史发展的轨迹；他们为人类社会的进步和中华文明的形成、发展做出了卓越的贡献。

3. 规模宏大的尧王城

与尧王"无关"的太古之城

尧王城遗址位于日照市岚山区高兴镇南辛庄子和安家尧王村周围，发现于 1934 年。北距日照市 17 公里，东距黄海 5 公里。遗址所处地理位置优越，西倚老牛头顶、双山、白云寺等山系，南望竹子河和天台山，北靠傅疃河和奎山，三面环山，一面向海。核心分布区位于南辛庄河东、北岸的岗地前缘，南北落差明显，最大高差在 10 米左右。尧王城遗址作为一处由大汶口文化过渡到龙山文化时期的遗址，是一个较早发展起来的聚落，面积约为 400 万平方米，是一个相当大的"原始城市"，也是尧王城龙山古国的"都城"。1977 年，遗址被山东省政府公布为重点文物保护单位。2006 年 5 月，经国务院批准为第六批全国重点文物保护单位。

1934 年春，中研院历史语言研究所考古组的王湘、祁延霈在鲁东南沿海地区进行考古调查，发现了尧王城、两城镇、丹土等遗址。1978—1979 年临沂市文物管理委员会对遗址进行了抢救发掘，发掘面积200平方米，揭露了少量龙山文化时期的房址、墓葬。1992—1993年，中国社会科学院考古研究所山东队对其进行了两次发掘，发现龙山文化房址20多间，各类墓葬50余座。2012—2015年，中国社会科学院考古研究所山东队连续进行了6次发掘，发掘面积近5000平方米。发掘的主要遗迹有城墙、环壕、道路、建筑基址、祭祀遗迹、器物坑、灰坑、墓葬等，出土遗物数量近万件。2016年，发掘区主要集中在内城东北部和外城墙南部。发掘表明，该处堆积包含龙山、汉代和明清时期的文化遗存，以前者为主。2018年，发掘了龙山文化时期的墓葬、房址等遗迹。其中墓葬呈片分布，内部叠压、打破关系较少，明显与人为的排列安排有关。此外，墓葬区与居住区距离较远，当时的城内应该有了明显的功能区划分。另一方面出土了较多遗物，丰富了尧王城类型的内涵。2019年的发掘集中在内城的东北部，主要揭露了一批龙山文化时期和大汶口文化晚期的墓葬。龙山时期的堆积主要为房址、灰坑和墓葬，房址建筑方法有木骨泥墙和土坯垒砌两种。2020年，为配合岚山区尧王城遗址保护、展示项目的实施，对南辛庄子东北部的原小学院子进行了发掘，发掘面积约250平方米，揭示了较丰富的大汶口、龙山、汉代文化遗存。其中墓葬11座、房址1座、汉代水井2口。

2015年，中央电视台用了近40分钟篇幅的纪录片专门报道了该遗址。蛋壳黑陶杯，是近几年发掘最大的亮点。在以往的发掘中，发现一块指甲盖大小的蛋壳陶碎片，就已经不易。而这次，考古工作者竟然找到了基本完好的器物。蛋壳陶杯壁很薄，稍不留意就会再次破碎。敞口、杯、柄、圈足工艺都十分复杂。它的外表漆黑黝亮，有些部位的陶胎甚至比蛋壳还薄。在今天有机器辅助的情况下，要把陶胎做得既均匀又薄如蛋壳，实属不易何况是在4000多年前制成的。据专家推测，蛋壳陶并非实用器，更可能是一种礼器。能使用蛋壳陶器随葬的墓主，也应该具有一定的身份地位。

在尧王城遗址发掘的墓葬中，部分尸骸的形态，让在场的考古人员十分震惊。它呈现出的是"上身仰、下身俯"的奇怪姿势。并且其胳膊和大腿都严重变形。专家们认为，它在下葬时，全身显然是被紧紧捆绑着。这种葬式究竟有什么意义？考古人员尚未得出定论。不过，人骨考古专家对遗骸研究后发现，沉睡在这片墓葬中的许多人，生前应该患有严重的骨质增生，都曾被腰椎增生的病症所困扰。

此外，遗骸普遍存在严重的龋齿症状，也就是我们现在俗称的"虫牙"。专家们判断，普遍的龋齿现象，说明这里的先民生前已经以淀粉含量较高的谷物为主食了。4000多年前居住在尧王城的龙山人，很有可能已经开始种植相关的作物。经植物考古学家对土样进行采集和浮选后，确实发现了碳化后的黄豆和小米籽粒。这也进一步印证了先前的结论。通过龋齿的现象，考古研究为我们还原了4000多年前龙山人的饮食习惯和农业生产状况。

经过长期的田野考古工作，尧王城遗址相关研究逐渐深入，产生了一系列研究成果，具有多方面的学术价值与意义。尧王城城址面积近400万平方米，是目前黄河下游地区史前时期规模最大、等级最高、保存最完好的城址。尧王城遗址的发掘建立了鲁东南地区文化编年体系和年代框架,确立了龙山文化"尧王城类型"。尧王城遗址的发掘推动了龙山时代研究的深入,对于阐释"多元一体"文明格局具有重要意义。从2012年开始,对出土陶器、动物、植物、人骨等相关遗存进行重点关注和研究,坚持多学科合作研究的理念,开展区域系统考古调查、植物考古、动物考古、环境考古等方面工作,为全面揭示与复原尧王城遗址的社会结构、社会生活的诸多方面提供了坚实的考古学证据。

4. 北大门两城镇的传奇

从战火走来的"考古圣地"

两城镇遗址位于原日照县两城镇驻地,被称为日照县的北大门,两城镇遗址现位于日照市山海天旅游度假区两城街道驻地北。遗址北面有两城河流过,西南部分则为低洼地,东距黄海约6公里,地势北高南低。该遗址发现于1934年,东西约990米,南北约1000米,面积约100万平方米,以龙山文化遗存为主,兼有周代、春秋文化遗存。因早在1936年就进行了考古发掘,遂以遗址面积巨大、出土许多精美的陶器和玉器而著称于世,是目前黄河中下游地区较大的一处龙山文化时期的中心聚落,也是新中国成立之前发掘的一处最为丰富的龙山文化遗址所出土的器物被考古学界认为龙山文化典型的标准器物。1977年和2006年分别被公布为山东省和全国重点文物保护单位。2005 年被国家文物局列入"十一五"全国 100 处重点大遗址保护项目，被 1983 年出版的《世界史便览》中称为是"公元前约 3500 年中国最早的城市"，被考古界誉为"考古圣地"。

1934 年春，为了进一步了解龙山文化及其他古代文化在山东地区的分布，由王献唐先生提供信息，中央研究院历史语言研究所考古组王湘、祁延霈就山东东部沿海地区进行了为期三个月的田野考古调查，在日照境内发现了两城镇、丹土、尧王城等 9 处龙山文化遗址。其中以两城镇遗址的面积最大、包含遗物最多，并与此前所知的城子崖遗址有所区别。鉴于此，1936 年春夏，中央研究院历史语言研究所的梁思永、尹达、祁延霈等对两城镇遗址进行了较大面积的发掘，发掘了 50 多座龙山文化时期墓葬，出土一批当时数量最多、种类最全丰富而精美的陶器、玉器和石器等，成为当时及后来人们了解龙山文化概貌和确立龙山文化在中国古代文明起源中的重要地位提供了重要资料。后因抗日战争爆发，考古发掘报告未能正式发表。一些重要出土文物现藏于台湾故宫博物院、南京博物院。新中国成立后的五十年代，山东省文物管理处和山东大学围绕着两城镇遗址在日照地区开展了多次专门的考古调查工作，都有重要的发现，有着广泛的影响。

作为典型的龙山文化遗址，两城镇遗址出土的遗物十分丰富，主要有陶器、玉器、石器、骨器以及生物标本等。陶器以黑陶最多，灰陶次之，白陶和红陶较少。器表以素面和素面磨光为主，几乎包含了以后历代社会生活的器物类型。该遗址作为龙山文化时期出土玉器最多的遗址之一，出土大量玉器和半成品玉材，还发现过玉器坑，玉器制作相当精致，器形以玉钺、玉璧、玉斧等为主。其中，最著名的是现藏于山东博物馆的一件两面刻有兽面纹的玉圭，在玉圭上部两面均线刻兽面纹样，与商周青铜器上兽面纹十分近似，为龙山文化玉器中的精品。

1995 年以来，为探寻中国东部地区古代文明起源，经国务院批准，山东大学和美国耶鲁大学、芝加哥自然博物馆等单位合作组成中美联合考古队，在新的考古理念指导下，运用"区域系统调查"方法，对日照地区进行了详细的区域系统调查与聚落环境考古，并对两城镇遗址进行了多次发掘。考古人员通过勘探和发掘，发现有城址、房址、墓葬和灰坑等遗存。在遗址内发现有大、中、小三个环壕，环壕均为龙山文化时期使用，并确定有三个出口。壕沟内侧有夯土遗迹，可能与夯筑城墙有关。其中，中圈环壕内侧有夯土墙，露出较多房屋建筑和墓葬，揭示两城龙山文化微观聚落形态的变迁。从宏观聚落形态分析，以两城镇遗址为中心的地区，存在着三个等级的聚落遗址，这种聚落结构在遗址数量上呈现金字塔状分布。一级聚落两城镇位于交通便利、水源充足的中部位置。这种聚落形态显示，龙山文化时期社会，已进入"都、邑、聚"三级控制体系的早期国家阶段。遗址区发现的小麦、大豆、酿酒证据等遗存，表明两城社会生产力已很发达。专家对出土的陶鬹和罍，以及一些器皿，进行专业检测发现，这些器类不同程度含有稻米、蜂蜜、水果、添加树脂和香草混合型饮料。后经专家进一步分析证实，这是一种混合型的酒，酒中主要成分为稻米。在出土的植被标

本中，有 4 种炭化农作物种子 570 粒。其中，炭化稻谷 454 粒，炭化粟 98 粒，以及少量的黍和小麦。这些系统的植物资料表明，在龙山文化时期的两城镇，水稻于农业经济中的比重远超粟黍。

专家在许多陶器标本中，还检测出蜂蜡碳氢化合物，说明那时的人们已在使用蜂蜜。蜂蜜的糖分主要是果糖、葡萄糖，蜂蜜包含天然的嗜渗酵母，当被淡化到 70% 的含水量时，这些生物便会活跃起来，从而能生产蜜酒。两城镇遗址蜜酒的发现，把中国酿制葡萄酒的历史提前了 2000 余年。

通过区域系统调查和发掘工作，搞清楚了遗址所经历的时代、微观的聚落结构、人口密度、经济活动、遗址与环境的关系、遗址的性质和功能、聚落的变迁等问题。揭示了日照地区上自北辛文化，下至汉代时期聚落形态的历史变迁，这一演变过程，代表了与中原地区社会复杂化和城市化进程不同的发展模式，确立了日照龙山时代文明在中华文明史的重要地位，在国内外产生极大影响。该考古项目作为聚落考古的典范，已成为我国考古学界学习的楷模。

5.“两个名字”的苏家村遗址

石椁墓里的千年传奇

苏家村遗址位于日照市山海天旅游度假区卧龙山街道苏家村和刘东楼村交界处，北、西、南三面环山，东面向海。初名刘家楼遗址，1972 年改为苏家村遗址，1992 年被公布为省级文物保护单位。经过 1995 年和 2011 年的调查和勘探工作，考古人员厘清了遗址的范围，并确定了该遗址为小型聚落群中的中心聚落，即三级聚落。山东大学考古学与博物馆学系通过详细勘探确定该遗址为一处典型的龙山文化环壕聚落，遗址年代为大汶口文化晚期（末期）到龙山文化中期早段，主体年代为龙山文化早期，面积约 9.6 万平方米。

早在 1995 年，山东大学就与美国学者合作，对鲁东南地区进行区域系统调查，发现苏家村遗址与两城镇遗址同处龙山文化时期，距离又比较近，可能存在一定的联系。近年来，业内对鲁东南地区的龙山文化遗址的研究和发掘持续进行。此前发掘的尧王城遗址、两城镇遗址将龙山文化时期一级聚落的情况揭开，而对于相对小型的二、三级聚落的研究仍处于空白阶段。基于此，经国家文物局批准，山东大学于 2019 年 3 月至 7 月对苏家村遗址进行正式发掘。该考古项目是为配合山东大学考古专业学生田野实习工作而开展，这也是该遗址自 1992 年被山东省列为省级保护单位，进行的首次发掘。

此次发掘，共清理房址 47 座，墓葬 89 座，灰坑 206 个，灰沟 7 条，基槽 10 个，窑 1 座，水井 1 座，出土可复原陶器、石器、玉器等上千件。出土陶器包括：鬶、甗、罐、鼎、豆、盘、盆、碗、瓶、杯和器盖等龙山文化典型器物。出土石器包括：镞、锛、刀、斧、铲、钺、凿和磨石等，质料以绿泥岩和流纹岩为主。出土玉器数量较少，包括锥形器、璇玑、凿和珠等。

在发掘过程中，还发现了存在于遗址早期阶段的一座水井以及一座窑址。引起考古人员格外注意的是，在清理出的房址中发现了原地翻建现象。从原地翻建的现象来看，房屋的大概位置是一致的，但是存在叠压和打破关系。这些房子的整体方向、面积大小、具体形制等方面都存在一定的差异，根据房址之间的叠压打破关系可以确定这是不同时期的房子。多次的原地重建是聚落房址中一个比较特别的现象，房子的位置是相对固定的，但在此居住建房的人群之间的关系仍待进一步研究。

整体而言，苏家村遗址不管是器物还是房址、墓葬的情况都符合龙山文化的特征，但同时也有着自身的遗址特色。此次发掘的 89 座墓葬，都是单人葬，多使用木质棺椁，最特别的是发现了 8 座石椁墓，其中 2 座石椁内部配有独木棺。同时出土这么多石椁墓在山东地区并不常见。石椁墓是从哪里传来的？石椁墓和木椁（棺）墓的主人之间又有怎样的关系？他们是一群人还是两群人？这些人本身是否分等级？这些都是将来考古人员要研究的内容。并且在发现的墓葬中，一半以上没发现任何随葬品。少数出现随葬品的墓葬，其数量也差异较大，多的有40多件，少至1件。随葬品以鬶、甗、罐、鼎、豆、盘等陶器为主。而且，少数墓葬中发现了猪下颌骨和石器。山东地区葬猪下颌的情况比较常见，大汶口文化时期多数采用此类形式，一直延续到龙山文化时期。通过采集上千份浮选土样，已经鉴定出水稻、粟和杂草的存在，粮食作物的发现也为探讨鲁东南地区的古代人地关系提供了线索。

遗址不同阶段大量房址和墓葬的发现，为研究遗址的聚落布局和聚落变迁提供了丰富的资料。石砌房基和不同时期石椁（棺）墓等遗迹的发现为鲁东南地区龙山文化的研究提供了新的资料。鉴于此次考古发现的丰富性和重要性，苏家村遗址的发掘于2020年1月入选2019年度全国十大考古新发现初评候选项目。

依托山东大学与耶鲁大学共建的国际联合实验室，苏家村遗址2019年度的发掘在项目设计时，依托丰富的现代科技手段，采集不同的遗物，进行多学科的综合研究。

发掘过程中，因遗址土壤原因骨骼遗存保存状态不好，便对动物和人骨进行了现场鉴定；对每一个遗迹都分别采集浮选土样（20L）和植硅体土样，针对保存状态较好的房址，还对其地面进行网格式取样；对解剖的环壕剖面及保存较好的房屋室内外垫土，采集连续的土壤微形态样本；对采集的所有石块

（包括石器）进行现场鉴定，并针对流纹岩石器进行 PXRF 的检测；对保存较好的灶，采集考古地磁样本进行年代检测；发掘过程中用全站仪和 RTK 记录所有遗迹的坐标，使用无人机航拍较大的遗迹及发掘区的总体情况，对重要的遗迹及剖面等拍摄和制作三维图形；所有遗迹的电子图及背景信息导入 GIS 系统。

苏家村遗址扎实的田野考古工作和多学科方法的应用，不仅为该遗址在聚落考古和科技考古诸领域取得创新性研究成果奠定了良好基础，同时也为其他遗址考古学综合研究的实践提供可资借鉴的案例。

6. 十大考古新发现之海曲汉墓

永不褪色的丝路繁华

海曲汉墓群位于日照市东港区日照街道西十里铺南岭地上，为第五批省级文物保护单位。此处原分布有几个大封土堆，当地俗称为"王坟""娘娘坟"。原墓群南北长 950 米，东西宽 320 米，面积约 300000 平方米。墓地北约 1 公里即为汉代海曲县城故址，城址犹存。

1968 年，北墓南端一小型土坑竖穴木椁墓遭破坏，曾出土釉陶罐、漆碗等文物。2002 年春，为配合同三高速公路建设工程，山东省文物考古研究所对海曲墓地进行抢救发掘，共发掘墓葬 90 座，全部属中小型墓，为山东地区迄今保存最完好汉墓。

"王坟"和"娘娘坟"是发掘的重点，两座坟中最大的墓葬都位于边缘，因此，中间的墓葬都保存得相对完整，较大的几个墓葬都被盗墓者"光顾"过。"王坟"中最先被发掘的两个大型墓葬中，其中一个已被彻底破坏，空空如也。另一个也是仅有个别物品保留了下来。考古工作人员还发现，虽然墓葬大都被盗贼光顾过，但不知为何均半途而废，个别的盗洞虽然已经到了椁盖板，有的甚至已将盖板凿了一个浅洞，但并没有进入椁棺。墓地中唯一的一座重棺墓，盗墓贼将盖板凿开洗劫了器物箱，并将外棺凿开，但最终放弃了内棺。

　　最先清理的110号墓属于一棺一椁带边箱的墓葬，边箱内放置釉陶罐、壶等，仅铜镜就出土了8面。最令考古工作者激动不已的是106号墓的清理。这是一座狭长的一棺一椁墓葬，

2002年，海曲墓地考古发掘当年被评为2002年全国十大考古新发现

开口在中间部位。双层椁盖板，头箱、脚箱、边箱一应俱全。该墓的发掘过程可谓有惊无险。一开始，考古人员从墓葬开口处就发现有人动过此墓，暗想此墓又完了。但清理到椁盖板后却发现，盗墓贼虽然已接近了椁室，并将椁盖板凿了一个浅坑，但未进入墓室便放弃了，椁盖板下的棺木竟毫发未损。

海曲汉墓随葬品十分丰富，共出土陶、铜、漆、木、竹、玉、铁、角器等 1200 余件。其中北方最美的 500 件漆木器和北方罕见的刺绣丝织品，是目前山东省乃至北方地区发现数量最多、保存最好的一批。漆器有各种奁盒、漆木箱以及盘、耳、杯、案、盆、碗、杯等，形状各异，大小不等。出土时保存得相对完好，色彩艳丽、花纹繁缛、镶金嵌银，甚至可用"光彩照人"形容，可与南方楚墓中出土的同类器物相媲美。还出土了木虎子、木筑、木鸠杖，大量完整的木俑、杖、钗、梳、篦、琴弦柱，以及各种木质构件等，也十分珍贵。更出乎专家们意料的是，还清理出土了大量汉代丝织品，专家表示这是目前山东省内发现保存最好的汉代丝织品。海曲汉墓出土的漆器和丝织品精美之度富比王侯，充分证明山东齐国乃至日照海曲县是汉代经济文化最发达的地区之一，对于研究汉代漆器制造业和纺织手工业的水平及产地是不可多得的实物。引人关注还有，几座较大的墓葬中出土了 5 枚铜印章，其中 4 枚为私印，字迹清晰可辨，印章的主人分别属于"公孙""淳于""从"三个姓氏，这说明封土下的墓主并非是同一个姓氏家族。而另一枚印章为龟形，刻有"元宜自至，柏（百）事不间，愿君自发，封完言信"16 个字。从内容分析，它既非官印也非私印，为吉祥用语，相当于现代的"闲章"，十分罕见。此外，墓葬中还出土了竹简和木牍，其中竹简上带有"天汉二年城阳十一年"的纪年文字，为判断该墓葬年代提供了有力证据。天汉二年（前99）是汉武帝的年号，城阳十一年应是汉代城阳国的郡国年号，这两个年号同时出现，在历史上是非常罕见的，这对研究汉代海曲县和城阳国的关系以及两者的历史都具有非常重要的意义。汉武帝在位55年，天汉二年属于汉武帝执政晚期，这也确认了墓主下葬年代。除此之外，还发现了比较重要的青铜器，但是大部分都已经残破，只有灯、炉、铜镜保存比较好。其中，一件龟座凤形灯，也就是被当地村民誉为"神灯"的器物，其造型之奇特，设计之巧妙，充分显示出我国两千多年前的工匠们的精巧手艺和高度智慧，是我国古代灯具中罕见的珍品。

海曲汉墓的发掘搞清了墓葬封土的堆积形式和形成过程，了解了棺椁结构和埋葬方式，对于研究山东东南沿海一带葬制葬俗及当地文化民俗等提供了重要资料。因墓葬保存完好，出土文物丰富精美，墓葬封填方式独特，被评为"2002年全国十大考古新发现"。

海曲汉墓不以墓主身价增荣，也不以出土重器宝物著称，而是以墓葬群落众多和保存完好得到专家的特别青睐。它出土的大量带有民间工艺色彩的日用品很多都是难得一见的汉代器物，不仅有文物价值，更有文化价值，对于研究汉代一般民众的生活和习俗、了解汉代社会文化的丰富多彩有重要意义。

（二）毋忘在莒

　　莒，一个地方，古老且流长。正如著名考古学家张学海评价："莒地有数十万年的文化根系，一万余年的文化起步，五千余年的文明史……"这块土地，在新石器时代大汶口文化中晚期，先于齐鲁，骤然成名。陵阳河、大朱家村、杭头三大遗址出土的陶文被公认为汉字的祖源之一。其后，龙山时代，段家河等遗址文明在海岱之间璀璨生辉，可称之为"先莒文明"。经夏时岳石，商时姑幕，莒地文明涓涓细流，聚成巨泽。西周、春秋时期，迎来新的高峰，东夷之雄——莒国，一度与齐、鲁形成三足鼎立之势。如《左传·襄公十八年》："鲁人、莒人皆请以车千乘自其乡入"为证。三千年古城，残垣高耸；毋忘在莒，传诵不绝。之后，莒地或为州、或为郡、或为具，始终是鲁东南一带政治、经济、文化中心。莒文化在和齐文化、鲁文化的不断融合中，不断蜕变更新。

1. 吹响文明号角的陵阳河

洗手偶遇千年古文

　　"莒地有数十万年的文化根系，一万余年的文化起步，五千余年的文明史。"

提起这段文明史，要从几个"炮弹"的有趣故事说起。

　　1960 年的春天，莒县长历干旱，直至夏天，陵阳河区域发了大水。时任陵阳乡文书的赵明录，给莒县文化馆的苏兆庆打来电话，告诉他河水里冲出了三个"大炮弹"。苏兆庆前往现场，发现冲出的是三件筒形陶器，下部有一个尖头，真的形似炮弹。洗刷干净后，发现器身刻有符号。三件器物器身所刻画的符号，分别为："⌐⌐"、"⊳"和"⅋"。

　　可是那时的莒地文物工作者，并没有意识到这几个"炮弹"对中国文明史的重要意义。也因此，有了"错失美名"的遗憾。1962 年夏季，苏兆庆陪同省博物馆的王思礼、张学海先生去往陵阳河遗址考察，当时沐河木桥面上的水并未退去，仍直没到大腿深，三人互相牵着手前进，仍有随时可能被冲到桥下的危险。事后想来，令人一阵后怕。经考察，省里两位先生分析："陵阳河的文化遗存比山东典型龙山文化还早，是山东又一新的文化典型"。随后进行了试掘，挖了五座墓葬，因资料少和认识不足，未能及时公布，后来先公布了大汶口的报告，故这一新的文化被命名为"大汶口文化"。后来张学海先生说："陵阳河遗址是最早发现的大汶口文化。"

　　事实上，直到二十世纪七十年代，苏兆庆带着这三件文物去北京参加全国出土文物展，他将这几个高约 50 厘米、口径 30 厘米、壁厚 3 厘米、总重

灰陶尊

158

约 200 斤的器物装进箱子，胸前挂一个，背上背一个，手里提一个，活像逃荒的难民，彼时作为发现者他仍尚不知道这三件文物的核心价值。参展期间几件陶器迅速引起国内外有关研究者的注意，陶器上的刻符引起学者广泛的讨论，"大口尊"的称号得以正式确立，那时莒县的文物工作者才知道，原来这几件大水冲出的"炮弹"，是承载五千年文明史的珍贵遗物。其中刻有"☉"符号的灰陶器，更在日后被定为国家一级文物，是研究中华文明起源的标志性文物之一。

三件文物在京展览期间，得到了专业学者的关注及重视。吉林大学教授、古文字学家于省吾将大口尊上的"☉"符号解释为"旦"字。"山上的云气承托着初升的太阳，其为早晨旦明的景象，宛然如绘。"因此他认为，这是一个原始的旦字，也是一个会意字。故宫博物院副院长、古文字学家唐兰先生也肯定了陶文为原始文字，他将莒县大口尊陶文解读为"炅"字，并以这种文字可与其他地区遗址相呼应为据，认为这种文字已经规格化，是较进步的文字了。

2011 年，陵阳河出土的大口尊刻符，被入选为人教版《中国历史》课本（七年级上册），书中指出"有学者认为，它是'旦'的意思，这种刻画符号，就是原始文字。"这是莒县大口尊刻画为文字起源说法得到有力认可的又一佐证。

1979 年，山东省博物馆和莒县文物管埋所对陵阳河遗址开展联合发掘。这次发掘中，还有一个"洗手得宝"的故事。

发掘工作从 4 月 3 日开始，至 4 月 30 日已清理墓葬五座。由于墓葬全压在河沙下面，探查极为困难，陷入僵局，队员们普遍心情低落。5月2日，省博物馆考古队员王树明单独决定："以没有文物为由，要打道回济南府。"当时，苏兆庆电话并写信给回济南开会的王思礼，接电话的张学海，叫他顶住，并说王思礼不回莒县，就别撤。王思礼接到信后去找省博物馆馆长张学讲明情况，张学馆长决定对陵阳河遗址的发掘继续进行。5月9号中午收工后，苏兆庆和省里的赖修田在河边走着，无意中发现一块埋在泥沙里的陶片——这块陶片就是大口尊的陶片！苏兆庆兴奋地说："找到了！"他用手去拿，没拿动，他因此判断："如果在沙里就拿出来了，拿不动就说明它在泥里。"两个人的高兴劲就甭提了。因为已经收工没有工具，俩人徒手将一块4.5米长，3.8米宽，10厘米的深泥地扒开，手磨破了，流着血，也不知道痛，当时两个人都非常激动。这一趟河边"洗手"的经历，就是陵阳河6号墓出土的经历，6号墓是大汶口文化时期最大最丰富的墓葬，激发考古队趁热打铁，进一步探察发掘的动力。通过这次发掘，总共清理45个墓葬，出土2800多件随葬品。既解决了"陶文大口尊"的地层关系问题，"成套酿酒工具""陶质牛角形号"的发现，在我国史前考古发掘中也是首见。在大朱家村、杭头等地，也有陶文的出土，这些陶文总数有数十个，对应汉字的萌芽阶段，引起研究者广泛探讨。

殷墟发现的大量甲骨文，被认为是中国最早的成熟文字系统，而这些比甲骨文还早1000多年的图像古文，被认为中华文字更古老的源头。陶文的刻画是人类在结绳记事之后在长期生活中对自然景观及生产活动的记录及描述，在当时虽然还没有形成系统性的文字，但已可构成零星可解释的会意单字，这些刻画是早期人类生产实践智慧的产物。最初发现的被于省吾先生解释为"旦"字的陶文，即启发了陶文发掘参与者苏兆庆先生，由此联想这是指日出之巅的景象，是陵阳河人判断春分、开始春耕的记实，后来的苏老等学者都曾多次去山头、陵阳河道等实地探察，他们相信这些古老字符里饱含着先人劳动的智慧。

如今这些大口尊作为大汶口文化晚期的见证，静静存放于莒州博物馆，接受游客的观摩和赞叹。每一处刻痕是文化的传承，这些刻痕组成的文字穿过五千年的长风，回荡着中华文明绵延不绝的悠久芳韵。"旦"为日出之意，在这五千年中，太阳在每一日如约升起，照耀璀璨的人类文明，照耀厚实的莒文化的故地。五千年前的文字仅有雏形，这雏形激荡起古文字学家、美术家、史学家的心魄，引起激情讨论，五千年后汉字已老幼皆识。二十世纪的文物工作者以身作则、艰难探索，而如今文物保护观念已更加深入文博人心中，并在群众中像惠润大地的春风持续传播、普及。在今后的岁月里，如同手上方寸间的汉字将永恒传承，"陵阳河"的太阳仍将闪耀。

2.文化名城莒国故城

齐桓公"毋忘在莒"称霸主

夕阳西下，落日的余晖洒落在莒国故城的遗址上，显得这个省级历史文化名城、省级重点文物保护单位莒国故城格外安静与祥和。今天，就让我们走进莒国故城，详细了解他的历史。

在今天山东日照市的莒县，有一座都城规模宏大的古国——莒国。它位于沭河上游平原的中心，北依洛山，南屏马鬐山，朝迎屋楼春晓、夕映浮来晚照。山岭环绕，平畴如镜，沭河、柳清河从两侧滔滔南流。它的面积达到有24.75平方公里，堪称春秋时期中原地区的第一大城。

莒故城由内城外郭两部分组成。外郭南北5.5公里，东西4.5公里，是官吏平民及商人居住之郭城；内城筑在郭城中，南北近2公里，东西1.5公里，是国君居住的内城。外郭周长19公里，内城周长7公里。

因对莒城未做大面积勘探，城门数量难以确定。据相传和局部勘探，韩家菜园村东，地名曰"东口子"的地方，土层较厚，应为一城门；在前城子后村西南的两段城垣之间有一大缺口，当地群众称为"城子口"，传为城门；内城南垣的中间，即刘家菜园村东北角，有一大缺口，垣外缺口南有桥曰"刘大桥"，拆毁于十年动乱之中，古道犹存，现已成排水沟，此应为内城之南门；西南角两段城垣之间，有一通道，又有一门，古今称之为"且于门"。

莒国都城自春秋初年从计斤（介根）迁于此，至公元前431年莒国为齐所灭（一说前343年为楚国所灭），莒城为都城近400年，汉代又曾为城阳国城都达200余年。

故城的历史沿革大概经历以下几个时期。

莒国于周初立国，周武王灭商之后，分封天下，封兹舆期于莒，建都于介根。春秋时期的莒国都城坚固。从现存城墙遗迹看，莒国都城城墙为夯土建成，高 9 米左右，宽达三四十米，是世所罕见、工程浩大、易守难攻的城防工事。春秋时期，齐襄公昏庸。公元前 663 年，齐国发生内乱，齐公子小白（后为齐桓公）为逃避杀身之祸，在鲍叔牙的保护下，逃到莒国的姥姥家避难。齐襄公去世后，小白历经艰险，回到齐国做了国君，他就是春秋五霸之首齐桓公。这便是著名历史典故"毋忘在莒"的由来。齐桓公即位 2 年后，齐国兼并谭国，谭国国君也出逃到莒国，寻求庇护。此后鲁国内乱，公子庆父也出奔莒国。

前 550 年，齐庄公讨伐晋国，战况不利，于是回师东向，偷袭莒国。齐国军队在攻打莒城西门"且于门"的时候，国君负伤，有个名叫杞梁的将军战死。噩耗传到齐都临淄，杞梁的妻子出城迎丧，哭了 10 天，最后投水自尽。恰好此时临淄的城墙有一段突然崩塌。这便是孟姜女哭夫之由来。后来又增添上诅咒和控诉秦始皇残暴统治的内容，故事情节和人物名称也被不断创作演绎，男主角杞梁被改名为万喜良，杞梁妻则成了孟姜女，临淄城换成了万里长城，城墙的崩塌也变成了被孟姜女所哭倒。

周赧王三十一年 (前 284)，燕上将军乐毅伐齐入临淄，攻下齐 70 余城，惟莒、即墨未下。齐湣王奔莒城，但不久为楚国援齐将军淖齿所杀。赧王三十二年，齐人另立湣王之子法章为王。到赧王三十六年，齐田单自即墨袭破燕军。迎齐王于莒，失地全部恢复。

战国晚期为齐邑，名城阳。秦统一全国后在山东南部设琅琊郡，莒国故城改称莒县。西汉孝文帝元年（前 179）在莒县

2021年7月24日，莒文化主题的莒国古城正式对外营业。图为彩霞映照下宏伟壮观的莒国古城文昌阁

初置城阳国，二年（前178）封朱虚侯刘章为城阳王，都城在莒城阳。至王莽天凤六年（19），共计197年之久。东汉明帝永平五年琅邪王刘京都莒时，又做了十数年琅邪王国的都城。

北魏《水经注》记载："其城（莒城）三重，并悉崇峻，惟南开一门，内城方十二里，郭周四十许里。"说明，在动荡的南北朝，莒故城依然繁盛。唐代《元和郡县图志》记载："县理在莒国古城中，城三里，并皆崇峻，唯南开一门。子城，方十二里，郭周回四十里。"宋《太平寰宇记》记载："县理在莒国古城中，城三里，并悉崇峻，唯南开一门。子城方十二里，郭周四十余里。"从以上记载不难看出，莒故城历经唐宋依旧繁盛如初。

元代至正年间（1341—1370），参政马睦火镇守莒城时，因城大难守，截取东北隅为一小城，周长五里八十步。元、明、清朝代更迭之际，莒城曾遭受战乱损毁，经历过多次重修与维修。顺治二十四年（1667），知州陈德芳重修，东门改为北向，南门改为西向，易名为"景泰"，北门易名"拱辰"。

1938年日军侵犯莒城，遭到刘震东游击队与庞炳勋部队等英勇阻击。日军占领莒城后疯狂报复，城内大火烧了三昼夜，繁荣富饶的莒国故城，到处化作一片瓦砾灰烬，城墙被拆除高度之一半。1941年日伪军修复，加炮楼四座，哨房二十处。1944年山东军区发起莒城解放战役，从全县发动组织了1万余人的民工队破拆日军碉堡工事和城墙。由于莒城是山东最早解放的城市，破拆城防工事主要是为了防止日军再度占据莒城与我军民为敌，莒城城墙、城门、关阁全部被拆除，城内建筑也大部分拆毁。1949年后到"文革"期间，破四旧砸毁文物、用牌坊石碑铺桥修路、建筑砖厂取城墙土烧窑等活动，使城内古迹建筑和故城墙几乎破坏殆尽。因此，为确保莒故城垣免遭破坏，莒县人民政府决定将城阳镇和南关二街两个砖厂，分别于1980年、1986年勒令停产，以消除破坏隐患。

莒国故城自建城开始，近3000年间经历代不断营建修葺，形成大量古迹遗址、建筑景观，地上地下蕴藏着极其丰厚的历史文化遗产资源，具有极其珍贵的历史研究价值。2021年7月24日，莒国古城建设首期免费开放，古城文化转化利用取得成效。彰显诠释莒地厚重隽永的历史文化，吸纳承载休闲体验、旅游消费等丰富多元的商业业态，成为一座独具特色的水系之城、传承历史的文化之城、意境优美的精美之城、业态丰富的活力之城。

3. 铁血藩王铲吕氏

记一方诸侯城阳王刘章

汉孝文帝元年，一天，一队车马从长安城缓慢走了出来，无人相送，一路向东。

骑马的是刚刚被封为城阳王的刘章，也就是我们今天故事的主人公。车里坐着的是他的妻子。他们这次出行准确地说是到封国赴任。然而，从城阳王紧锁的眉头和沉郁的表情，看不出任何的春风得意和踌躇满志。似乎每走一步，都是异常艰难。身后高高的城墙和冰冷的城门，让他的心一下子碎了，泪眼蒙胧中仿佛回到了那个热血偾张、惊心动魄、血雨腥风的时刻。

刘章是汉高祖刘邦之孙，齐王刘肥次子，吕后称制期间被封为朱虚侯，后来由于诛灭吕氏有功而被加封为城阳王。去世后谥号景王。刘章英俊潇洒，一表人才，拔山扛鼎，是汉朝有名的大力士。又因为人仗义，文韬武略，深得祖父汉高祖刘邦的喜爱。随着汉高祖驾崩，吕后临朝称制以后，重用吕氏，吕氏家族势力开始膨胀，汉室皇族遭到了空前的打击和削弱，大汉江山岌岌可危。刘氏诸王侯，人人心中恐惧，各图自保，唯恐稍触吕后之怒。满朝文武也是敢怒不敢言，但是，唯有一人，敢于跳出来挑战吕雉的权威，这人便是朱虚侯刘章。刘章年方二十岁，性情活泼，气宇轩昂，见刘氏失势，诸吕擅权，心中实在气愤不过。一日，吕后在皇宫设宴和吕氏族人共乐，吕后高做，群臣分列于下，桌上摆满了琼浆玉液，山珍海味，这是吕后高兴，请群臣宴饮。宴会开始，让刘章担任监督喝酒的酒吏，刘章想借机惩治骄奢的诸吕外戚。因此说："臣是武将的后代，请允许臣用军法来监督大家行酒。"吕后同意。酒至半酣，群臣面红耳赤之时，刘章起身为大家唱歌跳舞助兴，对吕后说："请为太后言耕田歌。"吕后并不相信，一个在宫闱中长大的人会懂得田禾之事，便说："你作为一个诸侯王子，如何懂得田间之事？"刘章回答："臣知之。"刘章且舞且歌："深耕穊种，立苗欲疏；非其种者，锄而去之。"意思是种田要深耕，种苗时不要过密，对于不是一类苗子的要坚决锄去。对刘章喻讽之歌，吕后听出了他话里的含义，沉默了良久。不久，有一吕氏族人偷偷离开宴会，准备逃酒，刘章拔剑追去，愤而杀之。回来报告吕后说："有一人逃离酒席，臣已经按军法把他杀了。"吕后虽然生气，但有言在先，也拿刘章没有办法，只能忍气吞声。这一举动，震慑了诸吕和朝臣，树立了刘氏的尊严。刘章既以军法杀吕氏之人，又以歌唱骂吕氏之事，非大智大勇者所不能为，更不敢为。从此之后，诸吕无不忌惮刘章，害怕朱虚侯刘章刚烈，拥刘的诸大臣见刘章如此有胆识，便日益团结在他的周围。

刘章以自己的胆识和才华，在高后二年（前186）被封为朱虚侯，并被选入汉宫任值宿护卫。为了亲上加亲，高后将吕禄之女嫁与刘章为妻。公元前180年，吕后去世，诸吕加快了夺取政权的步伐。刘章的妻子知道了父亲吕禄与其他诸吕的阴谋，就告诉了丈夫，因此刘章抢先一步做了准备。《汉书》记载："高后崩。赵王吕禄为上将军，吕产为相国，皆居长安中，聚兵以威大臣，欲为乱。朱虚侯章以吕禄女为妇，知其谋，乃使人阴出告其兄齐王，欲令发兵西，朱虚侯、东牟侯为内应，以诛诸吕……"刘章提前谋划，秘密联系哥哥齐哀王刘襄，并联合周勃、陈平等大臣，成功地诛杀了朝廷中全部吕氏外戚。朱虚侯刘章因为亲斩丞相吕产立了大功，被汉文帝加封二千户俸禄。公元前 178 年，刘章从朱虚侯晋封为城阳王。

刘章虽然诛灭诸吕有功，但在诛灭诸吕后，曾与其弟东牟侯刘兴居协商欲立齐王为帝。《汉书高五王传》记载："文帝立，闻朱虚、东牟初欲立齐王为帝，故黜其功。"故文帝对刘章心存芥蒂，不予重用。刘章不得志，仅在位两年，郁郁而终，于公元年 177 年去世，谥号"景"。

历史已成为过去，虽朝代更迭，历经数劫，莒地仍有刘章墓和刘章手植槐，在佐证这段历史。

刘章手植槐又称汉槐，相传刘章妻子吕氏早逝，在刘章赴莒任前，去妻坟前告别。他发现坟旁一棵槐树，枝繁叶茂，似有款款深情、依依惜别之意。于是挖出，植于城阳国，以慰思念之苦。此树树龄 2000 多年。1976 年因修路被毁，留有地名"老槐树底"。

刘章墓虽然也屡遭破坏，但仍巍然屹立于沭河东岸。

出县城东南，过沭河大桥，穿过陵阳街，即遥见东方高阜之处，在平缓的岭脊之上，隐约中突兀者一座驼峰样土丘，待到眼前，其状貌方才清晰。刘章墓底部成方形，边长有大约 145 米，随封土增高，成梯次递减形状，高约 60 米。占地约 21000 平方米。墓东南有莒县人民政府立的撰有"刘章墓"

三个大字和"省级重点文物保护单位"以及"山东省人民政府一九九二年六月十二日公布"几行小字的石碑。极目远望，空间寥廓而深邃。西有沭河流水逶迤南去。南有泰石公路如带而东，北望平畴无垠，良田千顷。东眺群山巍峨，似闻黄海涛声。此墓占据一方中间的中心，岿然于蓝天之下，看尽了人间的沧海桑田，望遍了天上的白云苍狗。墓体周围似乎有一种力量贯穿于天地之间使人为之凛然。一方土丘静静地沉睡于此，跨过千年，始终如一的庇护着一个灵魂，一个曾改天换地的灵魂。这本身就是一种力量，一种执着于时空的力量，一种无法摧毁的精神凝成的力量。

4. 双鋬白陶鬶

五千年前飞来的鸟

在历史上的东方，曾有一个被称为"东夷"的民族及文化地区。据说那里的人，也有着古老的图腾崇拜，其中典型的就是鸟崇拜。

莒县双鋬鬶

一件存放于莒州博物馆的双鋬三足白陶鬶，就体现了中华早期的凤鸟图腾崇拜，它是东夷民族鸟崇拜传说的证明物件。

这件白陶鬶是新石器时代大汶口文化的见证文物。大汶口文化的发现和确立，是新中国考古学发展中最重要的收获之一。这一文化将我国东方地区已知的史前历史由龙山文化提前了1500余年。持续的科学考古也揭示了大汶口文化由原始社会到文明社会的完整发展过程，从而为五千多年的中华文明提供了实证。

这件白陶鬶于1977年在莒县陵阳河遗址出土。陵阳河遗址位于莒县城东南10公里的陵阳河南岸。陵阳河得名于汉代的王陵。该王陵是西汉第一任城阳景王的陵墓，城阳景王是汉高祖刘邦的长孙刘章。刘章被分封到莒县这个地方，死后也埋葬于此，刘章陵前这一条小河也就被称为陵阳河。陵阳河遗址于1957年发现，1963年试掘，后经山东省博物馆与莒县文物管理所进行联合发掘，共清理墓葬近四十座，出土刻有图像的文字的陶尊、酿酒滤缸，箆状鬶、双柄鬶、陶质牛角形号、砭石、高柄杯等随葬品近三千件。而这件双錾三足白陶鬶，就是在考古队组织第二次考古发掘时发现的。

以鸟为形的容器

"鬶"最早见于1928年发现的龙山文化时期的城子崖遗址，它有着长长的流口、把手和肥大的足部。这种形制奇特的器物被当时的发掘者称作"鬶"，其依据是汉代许慎《说文·鬲部》："鬶，三足鬴（釜）也，有柄可持，有喙可写（泻）物。"喙，即鸟嘴。也就是说，其最主要的特点，就是都有一个鸟嘴形状的引流。陶鬶是龙山文化、大汶口文化陶器中的典型器物，可作为炊具、烧水器、酒器、礼器等多种用途使用。由于它独特的特征，为周边部族所模仿，在今江苏、浙江、安徽、河南、湖北等地都发现了类似鬶的器物。白陶鬶要由高岭土经1200℃左右的高温烧制而成，只有少数地区分布。其胎壁轻薄，质地比夹砂陶、灰陶等更坚硬，吸水性弱，更适宜使用，挂上釉就是瓷器。

这件白陶鬶由夹砂白陶烧制而成，流口和颈部像是昂起的鸟头和鸟脖子，背部的双錾像是鸟的一对翅膀，腹部后方装饰一突出的板用以显示鸟的尾巴。它的造型如一只伸着长喙的鸟，正引吭高歌，底部有三只丰满的袋足稳定支撑，同时可增加受热面积缩短烹煮时间。这是一件构思巧妙、造型生动、制作精美的远古器物，具备炖煮温酒等多种用途，是大汶口文化陶艺加美学体现的匠心杰作。它不仅有典型的鸟嘴状引流，而且整体被精心塑造成一只振翅欲飞的鸟儿，有力说明当时此地的人民对鸟的钟情。

东夷地区的鸟崇拜

《礼记·王制》曰："东方曰夷。"《说文》也称："夷，东方之人也。"从字形上来看，"夷"，是一个持弓之人的形象。《说文通训定声》解读："东方夷人好战，好猎。故字从大持弓，会意。大，人也。"《竹书纪年》和《后汉书·东夷传》又说："夷有九种。""九"者，极言其多也。东夷是对黄河流域下游一系列东方民族的泛称，其主要首领在不同发展阶段有太昊、蚩尤、少昊、舜等。

　　远古时期，不同地区的原始部落多有自己的崇拜物，把某种植物、动物或某种非生物当作亲属、祖先或保护神，这就是图腾的由来。《诗经·商颂·玄鸟》云："天命玄鸟，降而生商。"子曰："凤鸟不至，河不出图。"这些记载道出了凤鸟在中国文化中的尊贵地位。而东夷部落对鸟的崇拜，是其有别于其他族群集团的重要特征之一。少昊是东夷部落集团首领，其名为挚，挚通"鸷"，即鸷鸟。少昊统治时期，其所辖部族以鸟为名，以鸟为族徽，以鸟为官员的标识。在他的管辖范围内有玄鸟氏、青鸟氏等二十四个氏族，这就形成了一个庞大的以鸟为图腾的氏族部落社会。因在东夷部落中普遍的鸟崇拜，在《尚书·禹贡》《史记·五帝本纪》《汉书·地理志》等文献中，"东夷"又被称为"鸟夷"。

　　《春秋》中的记载，解释了少昊"纪于鸟"的原因：

　　　　（鲁）昭十七年，郯子来朝，公与之宴。昭公问焉，曰："少皞（昊）氏以鸟名官，何故？"郯子曰："吾祖也，我知之。昔黄帝氏以云纪，故为云师而云名。炎帝氏以火纪，故为火师而火名。共工氏以水纪，故为水师而水名。太皞氏以龙纪，故为龙师而龙名。我高祖少皞挚之立也，凤鸟适至，故纪于鸟，为鸟师而鸟名。"

　　东夷民族以鸟图腾为精神寄托，故创造出有鸟元素的器物作为日常生活用具。这件白陶鬶即是莒地先民崇尚鸟图腾的真实物证，带有远古文明的神秘色彩。历史学家认为远古先民崇拜鸟根源于物候崇拜，所崇拜的鸟多是候鸟，候鸟是先民们的气候气象"预报员"，东夷人对鸟的崇拜可能更多的是为了把握农时适时耕种，根源于人们长期的生产活动的实际需要。

以鸟为形状的白陶鬶，不仅体现了美学思考力和艺术性，也反映了古代人对自然的观察和探索，其造型的选择体现了远古先民在长期实践经验中对生活元素的运用与整合，充满了创造力与生命力。鸟图腾信仰体现着氏族部落与天地精神间的沟通，也为我们探析古人智慧留下了珍贵的文化遗产。

5. 记汉画像石孙熹石阙

阙门里的贵族生活

抚琴吹箫、踏鼓起舞、灶前炊煮、七女报仇等等这些生动形象的画面均是刻画在东莞镇东莞村出土的汉画像石的图像。不仅内容丰富，形象生动，而且雕刻技艺超群。

东莞镇东莞村汉画像石的发现可以说是机遇巧缘。1993 年 5 月 28 日，本是一个平凡的日子，大家按部就班地做着日常的工作，

孙熹石阙

173

突然，县博物馆接到电话，东莞镇文化站长李永英发现石刻一块。县博物馆立即派张安礼、刘云涛前往进行清理。墓已残，已遭破坏。该墓是一座砖石墓，出土的画像石全部用石灰涂抹，应是后人用前代画像石重新砌成。共出土画像石12石，画面26幅。画面形象生动，惟妙惟肖，内容丰富多样。

画像中刻画着形象生动的神话传说，揭示了当时人们对神的崇拜。其中一石一层中央刻画着西王母，其左侧有一羽人和一个人首鸟身的侍者，右侧的玉兔正在捣药。西王母是中国神话里掌管罚恶、预警灾厉的长生女神，女仙之首，是生育万物的创世女神，俗称王母娘娘。关于西王母的传说，我们熟知的是关于牛郎织女的故事。牛郎、织女，原本是天上、人间，天各一方的天仙和凡人，织女偷偷下到凡间玩时，被憨厚、勤劳的牛郎所感动，两人成了夫妻，成就了一段美好的爱情故事。而当王母娘娘知道后，因为织女违反了天庭的律法，在天兵天将把织女押回天庭的路上，牛郎紧追不舍，眼看要追上了。王母娘娘情急之下，为保天条尊严，拔出头上的神簪，凭空一划，便划出了一道无边无际的天河，把织女和牛郎拆开。后来，两人情比金坚，感动了王母娘娘，使她动了恻隐之心，于是法外施恩，下法旨让二人在每年的七月七日，在鹊桥上相会一次，算是法理之外的人情，给这一对艰辛的恋人有了个期望，也给了凡间的人类对美丽爱情的一丝向往与追求的动力。

在一竖条长方石上刻着人首蛇身手持规矩的伏羲女娲。传说中伏羲、女娲既为兄妹又为夫妻，均为一家人。女娲是中国历史神话传说中的一位女神。女娲人首蛇身，相传曾炼五色石以补天，并抟土造人，制嫁娶之礼，延续人类生命，造化世上生灵万物，是中华民族伟大的母亲，她慈祥地创造了我们，又勇敢地照顾我们免受天灾。《太平御览》记载：女娲在造人之前，于正月初一创造出鸡，初二创造狗，初三创造羊，初四创造猪，初六创造马，初七这一天，女娲用黄土和水，仿照自己的样子造出了一个个小泥人，她造了一批又一批，觉得太慢，于是用一根藤条，沾满泥浆，挥舞起来，一点一点的泥浆洒在地上，都变成了人。

画像中刻画的历史典故更是惟妙惟肖。一长方石板上刻画着四人，为周公辅成王的历史典故。周武王建立西周后没当多久天子，两年后就去世了。他的儿子周成王才 13 岁，根本没有治国能力。而且当时天下刚平定不久，人心未定，西周面临很大的危机。周武王的弟弟周公旦毅然挑起了这副重担，担任摄政辅佐周成王。周公本来被封在鲁国，但由于要摄政，所以让儿子伯禽代替自己去鲁国。伯禽向周公辞行的时候，周公对他说："我是文王的儿子、武王的弟弟、成王的叔叔，我的地位总不能算低贱了吧。但是我听说有人才来找我的时候，即使当时我在洗头，我都会把头发挽起来去接见，往往一连好几次；即使我在吃饭的时候有人才来找我，我都会来不及把饭咽下，而是吐出来，马上跑出去见他。我这么谦恭地对待人才还怕失去他们，你到鲁国后，切记不可以自己的身份而看不起别人啊！"成王 20 岁那年，周公见成王已经长大成人，就把权力交还给成王，自己当了一个普通的大臣。成王在世的时候一直受周公的辅佐，把国家治理得很好。

其中一石上刻四人，为跟随舜拜谒尧的故事。左数第一人面朝右，坐于树下，榜题"尧"；第二人面朝左，作跪谒状，榜题"舜"；第三人榜题"侍郎"，第四人榜题"大夫"，此二人拱手面左站立。下刻五人。左数第一人面右而坐，怀中抱一幼儿，榜题"禹妻"；第二人头戴斗笠，作行走状，榜题"夏禹"；第三人头戴冠冕，右向侧立，榜题"汤王"；第四人头梳高髻，博袖长裙，面朝汤王站立，榜题"汤妃"；第五人亦左向侧立，有榜无题。

有一石上刻有七女为父报仇的故事。桥上、桥下共有七个头饰花钗的女子，手持长剑、盾牌等兵器。桥中央有一乘马拉的辎车，车的左右上方各有一骑，马已脱离车辕，车上主人跌落桥下，其左右各有一名女子，乘船手持环首刀、勾镶兵器向他刺去。画面右上角有榜题"七女"二字。

有一石，上刻画的是春秋时期公孙子都暗射颍考叔的历史典故。右者颍考叔正荷物登梯，左者公孙子都张弓射之，二人之间的矮小之人，便是许国的大夫或国君之弟。春秋时，郑国联合鲁、齐两国共同讨伐许国。在攻打许国都城时，老将颍考叔手执大旗，登上城头。青年副将公孙子都眼看颍考叔就要立大功，心怀忌妒，对他暗放一箭，正中背心。颍考叔顿时一个跟头栽下城来。另一副将瑕叔盈还以为他是被敌人射死的，马上拾起大旗，继续指挥战斗。最后，郑军终于攻克了许国都城。人们称公孙子都向颍考叔放暗箭是暗箭伤人。

石像中还刻画着丰富的日常生活。一乐舞图，左边二人跪坐观舞；中间有一舞者，长袖轻扬，双足踏鼓；舞者右侧第四人正在吹排箫；第五、六人正面跪坐，形体较小，其前各置一小鼓；最右之人左向跪坐，双手抚琴。庖厨图左边的灶上放有釜甑，一人正在灶前炊煮。屋顶有横杆，上挂鸡、鱼及猪头，其下一人持刀，正在切食物。狩猎图左边是奔鹿、蹲犬，右侧是一头野猪面左立于树下。野猪面前有一人，呈张弓欲射状；野猪身后一人，正在持矛刺之。饮食图右边主人席地而坐，身后站一人，持物侍奉；主人前置两个几案，上放食品，有一仆人正在为主人盛食；有两侍者站立左边。车马出行图左边一导骑肩扛棨戟，其后有一辆车。迎宾图左边一人面右站立，持盾躬迎，一导骑站立其右，背朝正面。最右侧有一辆辎车。

五

经山历海　名人逸事

日照，依山傍海，地灵人杰，文化璀璨，名家辈出，自古即以"山海雄观，渔盐利饶，钟灵毓秀，代多伟人"而著称。一方水土养育一方人。亘古通今，日照这块丰饶的大地上，哺育出了一代代勤劳、智慧、勇敢、善良的日照人，既有光耀千秋、名垂青史的先哲伟人、文化巨匠，也有忧国忧民、为国为民的有志之士、社会翘楚。他们犹如一颗颗耀眼的明星，在中华民族历史文化长河中绽放异彩，名垂青史，成为中华民族的骄傲。有文人墨客的地方，自然少不了名胜古迹，日照境内名胜古迹众多，与自然风光交相辉映，滋润和孕育了一代代淳朴善良的日照人民。本章节将结合日照的历史名人，重点介绍日照的风景名胜，以期在文旅融合大背景下，助推日照文旅事业高质量发展。

（一）山海雄观

日照是一座环境优美的生态城市，地处我国南北气候过渡地带，冬无严寒、夏无酷暑，降水丰沛，光照、气候温润宜人，既有南方空气湿润的特点，又有北方四季分明的特征，素有"北方的南方、南方的北方"之美誉，有长江以北最大的绿茶产区和毛竹生长带。日照有蓝天、碧海、金沙滩的自然风光，60多公里的金色沙滩水清、沙细、滩平。大气质量、海水质量、淡水质量均保持国家一级（一类）标准，是国家园林城市、国家可持续发展实验区、中国优秀旅游城市、国家环保模范城市、国家卫生城市、国家生态示范区建设试点市、国家循环经济试点市，获得了2007年"中国人居环境奖"。春秋时期莒国的莒文化与齐文化、鲁文化并称山东三大文化。莒县浮来山上有距今3500多年的"天下第一银杏树"，五莲山曾被苏轼誉为"奇秀不减雁荡"。如今，这些名胜古迹正以历史的风貌展现最新、最迷人的姿态。

1. 屋楼春晓

"山头纪历"始展现

屋楼崮，又名石牟山、石楼山、屋楼山，位于莒县城东店子集镇，海拔 473 米，面积 3 平方公里。雍正《莒州志》记载：
"屋楼山在州东二十里，石径巉岩，望之如楼观。"因其远望
像楼塔耸立于平地，所以有屋楼崮之称。屋楼崮在史书中多有
记载，《战国策·齐策》记为"城阳山"，《通志》载："有
巢氏又曰大巢氏，伏羲之后，大庭氏十传为有巢氏，居石楼。"
也就是认为这是有巢氏的发源地；《史记·封禅书》称之为"四
时主"或"日月之所出"的琅琊诸山之一，也是莒地先民"山
头纪历"的测日点。莒地陵阳河遗存出土大口尊上所刻日云山
图像，据说记载的就是屋楼日出的景象。

屋楼崮景观

屋楼崮是莒东平原每天清晨太阳最先照耀的山峰。在春光
明媚的清晨，站立在莒城东望，一轮红日从屋楼崮顶峰徐徐升
起，古刹佛塔、苍松翠柏，尽染霞彩，美不胜收，有"屋楼春
晓"之称。山下的"重修福慧庵"碑记云："屋楼崮峰峦叠翠，
浮图插空，如楼阁状。厥维震方属春，春气南动，山光秀丽，
若先漏其景，也曰屋漏，为其能漏泄春景也。"

屋楼崮由三峰组成：南大崮、中二崮、北三崮。北麓陡险，
山下有终年不涸的一眼泉水，附近村民常饮此泉水，四季不竭，
俗称"神泉"。屋楼崮有很多景观，如屋楼山寺、藏经洞、神
砌石、日晷台、醒狮吼日、一线天、鞭药石、笑佛崖、舍身崖、
瓦耳朵崖、王防洞、卧龟莹、龙王庙、瞻莒台、神泉、王灵官庙、
月老亭、三磴崖、隐龙崖等。屋楼的山巅曾经有佛殿、浮屠，

现已倾圮。《重修莒志》载："山建浮屠七级，高十仞，陟其巅，可眺海。"屋楼崮顶有青云寺，寺中供有老母像，每逢佳节本地人都去寺中求愿。山顶有处后崖，名曰"福寿山地"，此处巨石耸立，悬崖峭壁。

屋楼春晓

"屋楼春晓"是莒州外八景之一，与浮来夕照、书院夜诵、西湖烟雨、马亓耸翠、洛山樵牧、山寺晚钟、沭水拖蓝齐名。明永乐十八年举人姚鹏为此写诗："屋楼春色晓苍苍，万象登临尽渺茫。塔势峭孤撑碧落，松阴偃盖浸寒塘。凝眸东岭双眉远，回首西河一线长。直走群山连海岱，久称胜概峙城阳。"他在《八景记》中写："朝阳初动，暖翠浮空，红光炫彩，青削芙蓉者，屋楼春晓也。"

"屋楼春晓"不只是一种自然景观，更是古人观测天象，确定季节，安排农事的依据。文献记载，早在五千年前，此山就是莒地先民观日出、定春秋的坐标山峰。在远古时代这里植物茂盛，气候适宜，适合人类繁衍。在山之周围，近年来发现大量古部落遗址，附近大朱家村等地出土过大量古陶及酿酒器皿。

为验证该景象，学者、专家多次实地考察证实，确认屋楼崮是春分日出参照目标，在遗址中央较高的山冈上，春分太阳升到山峰之巅时，陶文所描绘的景象就会出现，众多摄影爱好者也多来此地记录发表该景观。

屋楼崮山会

屋楼崮山会是一年一度的屋楼崮庙会,当地人也称"神集",时间是在每年农历的四月初八。《荆楚岁时记》说,每年农历的四月初八日,是弥勒佛的生日,因此人们纷纷来到山的庙里,设酒菜香汤浴佛,即给弥勒佛过生日,也叫浴佛日,以赐祈福,保佑当地老百姓过上幸福的日子,这就是屋楼崮山会的来历。每当这时,游客都会比肩接踵,人山人海,非常热闹。每年的这个时候,山会上各种货物琳琅满目,各类特色美食、民俗小吃、民间工艺品、儿童玩具、古玩、奇石、盆景、花卉、根雕等物品丰富,可供游客任意挑选。

屋楼崮传说

屋楼崮有许多美丽的传说。先讲一个屋楼山下有志青年的传说。据说在很早的时候屋楼崮下有个叫牟夷的青年,他家境贫寒,以打柴挖药为生。那时庄稼人还没有节令可遵循,无法按时播种、管理、收获。牟夷是个善于观察的、智慧的青年,他在上山打柴时通过观察树影随日光移动的现象受到启发,发明了日竿和漏壶测量日影。他发现360多天之后,每天时间的长短就会从头重复一遍,最长的一天在热天,最短的一天在冷天。牟夷把他的发现报告给当时掌管天下的舜王,对他讲明冬至点、夏至日,讲述日月运行周期。舜王听了,非常高兴,即令在屋楼崮顶建壶漏阁，筑日晷台。并派遣童子侍候牟夷，让他继续在此测日。牟夷在此测日三年。三年过后，向舜王汇报测日情况，牟夷说，日出日落三百六，周而复始从头来。草木枯荣分四时，一岁月有十二圆。舜王听着很有道理，就让牟夷掌管节令，以定农时。

人们为了纪念这个有志向、有才能、有耐性、有钻研的牟夷，一度称这座山为牟夷山，称牟夷立日竿的地方为日晷台。

据说在东晋时徐广也曾在此测日制历。

屋楼崮还有其他非常多寄托了人民想象力的民间传说。相传在屋楼崮的宝塔下有一个地宫，里面装满了数不尽的金银财宝，还有稀有的舍利子，据说屋楼崮山上的青云寺就是一位带着舍利子来的高僧所建。屋楼崮还有"七级浮屠可观海"的传说，相传山顶上面在明朝弘治年间建一座七级浮屠（浮屠就是佛塔），高有十仞，如果登到塔顶可以看到东海。屋楼还有"神农晒药"的传说。据传，尝百草、创医药的医祖神农氏，曾遍采屋楼崮草药，在此晾晒、加工、炮制，并亲口品尝，测定药效、剂量和配方，无偿给屋楼崮一带百姓治病。这些美丽的传说为这座古山增添了神秘色彩。

2. 福山寿地浮来山

银杏树下莒鲁会盟

浮来山又名浮丘、"福来山"，位于山东莒县县城城西，在莒城登高西眺，一座清逸秀丽、苍郁葱茏的山峦，呈平地崛

浮来山千年银杏树

起之势，有水上浮来之感。浮来山有三峰，北为"佛来峰"，
西为"浮来峰"，南为"飞来峰"。三峰名称的由来，有神话
传说是两位云游至此的神仙见莒地缺少青峰，分别从远处搬来
"佛来峰""浮来峰"二峰相依。而"飞来峰"却是一夜之间
不知又从何处飞来的，坐落在两峰南面作为屏障。从此三峰耸
峙，如龙蟠虎踞，迤逦连绵。世代相传，人们把三峰统称浮来山。

关于佛来峰还有一个传说：以前浮来山这个地方没有山，
在西边是一湖潭水。棋山寺里一个小和尚偷吃了人参果，被老
和尚穷追不舍。小和尚奋力飞到浮来山这个地方，落在潭上，
立地成佛，这座山峰就被称为佛来峰。这个传说也是卧龙泉的
由来。

浮来山上化石很多，景区内有丰富的寒武纪（约5亿年前）、
奥陶纪（约4亿年前）底层古生物化石，因此被誉为"地质教

学天然课堂"。尤其三叶虫化石，在浮来山分布最广。

浮来山上的夕照是历史上莒州八景之一。游览浮来山一定要到傍晚时分再离开，当晚霞初上之时，在山上眺望四周，在夕阳辉照下天地静谧，景色秀美，映现出的动人景观宛如世外桃源。

现今的浮来山有诸多景点——千年古刹定林寺、校经楼、三教堂、千年古观朝阳关、莒子墓等，其中最为著名的是修建于南北朝时期的古刹定林寺，和位于定林寺前院的树龄 4000 年的"天下银杏第一树"。定林寺是中国最早的文学评论家《文心雕龙》作者刘勰的故居，为其晚年遁迹藏书校经之处，是山东省现存最古老的寺院之一，属省级重点文物保护单位，距今已有 1500 多年的历史。而院中古银杏树历经 20 个朝代，被人们称作"活化石"。树高 26.7 米，径围 15.7 米，需要八个人手拉手才能环绕一圈。银杏树枝叶繁茂，生机盎然，年复一年，生生不息。树下立一石碑，上刻"九月辛卯，公及莒人盟于浮来。隐公八年经。"这是 1979 年 10 月，著名书法家武中奇先生重游浮来时所书，碑文录自《左传》，记载的就是莒鲁两国国君在浮来山这棵古银杏树下会盟的历史典故。

莒鲁会盟指鲁隐公长途跋涉，于浮来山与莒子会盟的故事。典故来源于《左传·隐公二年》。

商末暴政，武王伐纣，建立周朝，以公、侯、伯、子、男五等，分封天下为七十二国。在当时，人们认为周天子所居的都邑周围称为中原，其四周皆蛮夷之国，称为东夷、南蛮、西戎、北狄。

春秋时期在东夷，莒鲁两国因为边界问题长期不睦。《左传》记载："鲁莒争郓久矣。"这时，鲁隐公长女伯姬嫁到纪国，和纪君夫妻恩爱，两国联姻，关系密切。唯一使纪君不解的是，伯姬常独自长叹，似乎有什么不顺心之事。经纪君再三追问，伯姬终于开口道出实情为担忧鲁与莒不和，恐成大患，放不下心。纪君听罢，安慰她会凭借纪国和两国的良好关系，出面调解。同年冬季，纪子帛与莒子在密（今昌邑东南）会盟。《左传》隐公二年记载："冬，纪子帛、莒子盟于密，鲁故也。"也就是说，这次两国会盟的议题是：由纪子调停鲁国与莒国的紧张关系问题。到了会盟日期，莒子准时而至，纪子出密三十里迎接，两位国君以兄弟之礼相见，携手同登高坛，互换盟约。纪子设宴款待，歌舞助兴，莒纪二君相谈甚欢。莒子深知长期与毗邻的鲁国抗衡，并非良策，此次有纪子出面调停，刚好顺水推舟。

　　在经过一段时间的酝酿之后，鲁国也以同样的心态，接受了纪君之劝，同意与莒国会盟修好，但是在会盟地点上，两国迟迟达不成一致。鲁国大臣上奏："会盟之地应选在鲁国国都，因莒乃蛮夷之国，不可不防。"另一边，莒地群臣也一致建议莒子，会盟之地当在莒国，莒鲁积怨多年，鲁公虽有和解之心，但鲁地臣民不可不防。鲁国一大臣又提议，两国各退一步，在两国的交界处，一个现在叫闵仲山的地方会盟。但莒子得知，考量再三，觉得此地离莒国甚远，便以山路难行为由拒绝了，并提出在莒地浮来山会盟。

　　最后，鲁公拗不过莒子，于公元前 715 年前往浮来。这里既不是莒国的都城，又无鲁国的军事威胁。莒子在此地隆重接待了鲁公，会盟成功。此后，鲁、莒、纪等国关系良好，与其他邻国的关系也相对稳定，因而莒附近诸国的贵族及国君避难时，常出奔莒国。如周庄王十一年，大名鼎鼎的春秋霸主齐桓公，就曾在鲍叔牙的陪同下出奔莒国，周庄王十三年冬十月谭子奔莒，周惠王十七年，鲁公子庆父奔莒等。

3. 山东海滨第一崮

体验大山里的"田园综合体"

龙门崮风景区地处风光秀丽的日照市东港区三庄镇，东距日照海滨 40 公里，是国家 4A 级景区。崮顶海拔 416 米，有"山东海滨第一崮"之美誉。龙门崮植被茂盛，品种繁多，杏子、山楂、大枣、柿子、李子、梨等经济园林遍野，苍松叠翠，郁郁葱葱；芙蓉、国槐、柞树等生态林遍布于山峦沟壑，春华秋实，林茂果香；山下湖光潋滟，流水潺潺，更增添了龙门崮的秀美与灵气。

龙门崮山顶处有一悬崖峭壁，其顶端有三块耸立的巨石，形似石门，有一神秘圆洞，就是久负盛名的"龙门"。相传很久以前，龙门崮山高林密，怪石林立，山下河水弯弯，流水潺潺，河边有一依山傍水的小村落，村子里的人以牧羊、打猎为生。一天，适逢农历二月初二，风和日丽，晴空万里。村里一位牧羊人在山中一边牧羊，一边唱着牧歌。突然间，晴好的天空开始阴沉起来，紧接着电闪雷鸣，狂风大作，一声巨响从山顶传来，一道金光由石门冲天而出，竟是一条金光闪闪的巨龙，

龙门崮风景

牧羊人惊恐万状，拔腿就跑，可怎么也迈不动步，喊也喊不出，慢慢变成了一个石人。第二天，人们看到山顶处多了几块竖立的巨石，巨石偏上方平添了一巨大平台，山腰处还有一石人伫立。据说，山顶巨石处乃东海龙王敖广的北门，是龙王出入的必经之路。牧羊人因看到了神界的真身而被点化为石人，民间流传着"峭壁龙门破天惊，东海龙王腾云空；可怜山脚牧羊佬，化作石人伴山松"的诗句。因这天是农历二月初二，也便有了"二月二，龙抬头"的说法。

龙门原是两扇大石门，而现在看到的是三扇。据传说，公元前216年秦始皇第一次东巡路过此地，见龙门崮山高水秀，茂林修竹，好是藏龙卧虎、物华天宝之地。为遣徐福渡海东瀛，寻求长生不老之仙药，故想赶此灵山填海，架求药之桥，便挥鞭赶之，殊不知此地是龙王敖广受命于玉帝恩泽一方臣民而出入的真龙之门。见山稳固未动，秦始皇恼羞成怒，举鞭力劈，只听"咔嚓"一声巨响，两扇石门一被劈为二，另一扇被震去一半，山还是丝毫未动。秦始皇感觉不对，想是误砸了天庭之物，便右手持缰催辕奋蹄，左手拖鞭率部奔东海岸边。

龙王突感有人袭破龙门东去，急派龙太子率兵直奔琅琊台海边拦截。秦始皇赶到琅琊台，观海有恶战之煞相，只见大海巨浪滔天，刀枪剑戟，在海涛中时隐时现，感到眼前必有一场恶战，也预示在此填海架桥龙王不允，便急忙移师龙须岛的天尽头，也就是现在的荣成成山头。龙王敖广及龙太子没有战罢秦始皇，至今还在每年的农历二月初二到龙门崮巡察，并行风施雨，恩泽十里八乡的村民。现在看到的三扇石门就是秦始皇鞭误所成，山脚下的龙湖也就是鞭尖触地时划痕而形成。

在众多传说中，最有名的是"凤凰落垛不落崮"传说，龙门崮名称也由此而得。龙门崮周围村庄也都以"不落崮"命名，如上不落崮、下不落崮、大不落崮、小不落崮等。所谓"崮"，它的模样很有意思，外表呈圆形，山顶平展，周围峭壁如削，而峭壁以下则由陡到缓，放眼望去，酷似高山城堡。这些戴着平顶帽子的山，地质专家称之地貌形态中的"桌形山""方形山"或"方山"，而沂蒙人管它叫"崮"。

相传很久以前，有一天，村子里有人发现从天空中飞来几只凤凰，它在崮的上空飞旋来飞旋去，就是不肯落脚，最后无奈只好落在崮的旁边小山头上，村民们心想难道是"没有梧桐树，引不得凤凰来"吗？村子里人都很纳闷，崮的上面多么宽阔平整啊，凤凰为何非要落到那个小山上呢？而且之后但凡经过这里的凤凰都不会落在崮顶上。于是，村里族长求教于山中修道智者，他见族长虔诚又诚实，便对他讲述了这样一个故事：相传有一年，玉皇大帝设宴为王母娘娘祝寿，邀请四海龙王及诸神参加，东海龙王因海界与北海龙王挑起事端，在寿宴上大打出手，玉帝大为恼火，于是将东海龙王贬罪至龙门崮下湖思过九十九天。正如民间传说那样："天上一天，人间十年。"思过期间，东海龙王思念妻儿家人，但又不能私自离开，所以每天到崮顶眺望东海，因此龙王到崮顶必经的一处山门后人称其为"龙门"。他的女儿们也想他们的父亲，便化作凤凰落在两边山头来看他。这就是话说中的"此崮龙门上，崮为门梁框，龙凤虽呈祥，凤不压龙王"。因此"凤凰落垛不落崮"的缘由源于此民间传说至今。

后来，齐天大圣孙悟空学艺归来途中经过东海，听到村民说龙门崮这个地方"凤凰落垛不落崮"，孙悟空生性好动又好逞能，于是它从腋窝拔根毫毛，猛吹一口仙气，瞬间变成一只金凤凰，扶摇而来，到达崮顶便盘旋欲落，多次俯冲都未成功，那是因为东海龙王故意捉弄他，便降下法术，让他欲落不能。孙大圣气急败坏，一怒之下现出原形，并从耳朵里掏出金箍棒猛朝崮顶凸立巨石砸去，只听霹雳般一声巨响，这块巨石便下沉数丈。至今，崮顶平台巨石中心那道金箍棒凹陷印痕依然清晰可见。

让齐天大圣孙悟空如此一番折腾，更加印证了龙门崮"凤凰落垛不落崮"的传说，且诗证：一声巨响龙门出，凤凰落垛不落崮。大圣逞能恼成怒，千秋扬名龙门崮。

4. 五莲山—九仙山地质公园

奇秀不减雁荡

五莲山旅游风景区位于日照市五莲县境内，由五莲山、九仙山两大景区组成，总面积 68 平方公里，是国家 4A 级旅游景区、国家级森林公园、省级地质公园、省级旅游度假区。景区内大面积的森林植被、林木覆盖率达 70% 以上，这里不但是齐鲁最大的野生药库，而且野生花卉种类繁多，达 4000 余种，其花色之丽、品种之多、面积之广，实为罕见。景区主要特色："一尊天生佛，十里双龙峡，百座奇秀峰，千年皇家寺，万亩杜鹃海。"

五莲山属温带季风气候，平均气温 12.6℃，冬暖夏凉，气候宜人，雨量充沛。境内气候温和，特产丰富，山清水秀，河川纵横，素有"台湾花莲，山东五莲"之美誉。最高峰马耳山，海拔 706 米，主要由花岗岩构成。植被以松、槐、栎为主。原名五朵山，明神宗以巨峰五座"如青莲矗起"敕名"五莲"。

五莲山—九仙山

有亭、台、楼、阁及寺、塔、洞、潭、泉、池等胜迹，苏轼赞其"奇秀不减雁荡"。

九仙山也为五莲山风景名胜区的一部分，与五莲山隔壑相峙，素以"奇如黄山，秀如泰山，险如华山"而著称。九仙山总面积55平方公里，最高峰卡山埃海拔697米，于1988年被山东省政府列为省级风景名胜区，先后获得"国家AAAA级旅游风景区""国家森林公园""中国生态旅游实验基地"等称号。九仙山奇峰异石与洞窟泉瀑之多，与五莲山并称双绝。以其突兀的山峰，苍翠的植被，古老的文化，形成以游览观光为主体的产品类型。九仙山的美可以归纳为奇、秀、险、怪、幽、旷、奥七大特色，最大的特点是"地中山、地中潭、地中瀑"，华北罕见，令人叫绝。还有被誉为"江北一绝"的漫山遍野的杜鹃花，春夏之交，竞相开放，令人陶醉。霜秋之季，满山红叶与山光石景相辉映，蔚为壮观。

居仙卧龙，传神离奇。历史上许多隐士骚客，常会于此，吟诗论文，赞美九仙山胜境。清《山东通志》载有"汉明帝时，有九老人饮酒万寿峰下，一日同化去"而成仙的神话，以此得名。传说战国时期孙膑马陵大捷之后，辞去齐国军师，归隐山林，终选此地，修建茅舍，聚徒讲学，写下了千古不朽的军事名著《孙膑兵法》；宋代文学家苏轼曾有"九仙今已压京东"的诗句；明代礼部侍郎翁正春赞为"真齐鲁间圣地也"。龙潭瀑布、白龙潭等景点，从曲径通幽的山间秀色到晴空响雪的悬泉飞瀑，从韵脉神秘的自然景观到古老丰富的历史文化，无不受到众多游客的喜爱，成为游览的佳处。

关于九仙山,当地民间还有一段美丽的神话故事。传说八仙过海驾云头前行,忽见下方有大山,诸峰削壁直立,形同树林;巨石狰狞,状如怪兽;洞穿如塔,玲珑峭立。八仙甚为惊叹,但奇怪的是树木干枯,寸草不生。八仙按落云头询问山神。原来山下有黑白两深水潭,居黑白二龙,二龙争霸,那黑龙势大,喷烟吐火赶走白龙,独占两潭后仍时常向九仙山喷吐烟火,弄得整个山成不毛之地,百姓庄稼颗粒无收,只好扶老携幼逃荒而去。八仙听罢十分恼怒,便齐心协力斩杀恶龙,为民除了害。为了让此山重焕生机,众仙与山神一起在山上遍植花草树木,铁拐李用靴子从东海提来清水洒遍山岗荒野,花草树木喜逢甘露,盎然勃发。不几天便山清水秀,树木繁阴,野芳馥郁,整个大山变得春意盎然,同时解决了当地民众干旱少雨的困扰。八仙走后,山神唯恐草木枯萎,就抱着铁拐李留下的靴子,一直又洒了七七四十九天,山色更美了。山神便把靴子放在了一座小山峰上,成了今天的靴石。因山神也在救山中立下了功劳,所以当地百姓将八仙连山神在内,共称九仙,这也是九仙山来历的另一个版本。

五莲山—九仙山位于鲁东南黄海之滨,东邻避暑胜地青岛,南连港城日照,西接"亚洲银杏王"驻地莒县,北靠国际风筝都潍坊。其便利的交通、宜人的气候、秀美的风光、浓厚的古文化使这个省级风景名胜区迅速崛起,脱颖而出,成为诸多风景区中一颗璀璨的明珠。2018 年 2 月,五莲县五莲山—九仙山地质公园被国土资源部拟授予第八批国家地质公园资格。

五莲山—九仙山地质公园总面积37.58平方公里，是中国中央造山带秦岭—大别—苏鲁造山带的重要组成部分，以独特的岩浆岩地质地貌为特色，包含典型地质剖面、构造行迹、岩浆岩水体景观、地质灾害等遗迹的综合性地质公园，有"望海仙山，水墨五莲"之称。

　　地质公园内有7亿年前地壳形成过程中岩浆侵入形成的侵入岩，还有距今1.2亿多年的中生代花岗岩峰林地貌，特别是公园西部保存的侵入岩，完整记录了我国东部7亿年以来的地质史，具有极高的科学价值和旅游开发价值。五莲山—九仙山省级地质公园同时也在国土资源部对外发布的第四批拟命名国土资源科普基地公示名单中，成为第四批全国24个资源保护类国土资源科普基地之一。

　　下一步，五莲山—九仙山地质公园将按照国家有关自然资源保护与管理的法规条例以及"保护与开发相结合，保护第一、开发第二"的基本原则，制定公园的管理条例和实施细则，促进地质遗迹保护与开发利用。同时，尽快完善公园内标志碑、界碑、解说碑、博物馆等标示和科普设施建设，确保国家地质公园建设成效。

5. 万艘渔船平安抵港（万平口）

渔民的幸福港湾

　　万平口景区位于日照市新市区海曲东路最东端，是日照市黄金海岸线上新兴的旅游胜地，一直被称为日照市的"会客厅"。

"旅游来日照，必到万平口"，已成为各地游客的共识。海岸线长 5000 米，占地面积 760 万平方米，年平均气温 12.6 摄氏度，冬无严寒，夏无酷暑。涨潮时海水通过万平口涌入，形成一条南北长 3.5 千米、东西宽 0.7 千米的梭形水面；落潮时海水又由万平口涌出，水流哗然、喷喷有声，形成"平口流沙"的独特景观。万平口湖内，风波浩渺、烟波微茫，海鸥嬉戏，勃然生机；湖外，海浪翻滚、渔帆点点。清晨，旭日东升，形成"朝观潮日"的景观，清代诗人曾作诗云："一天霁色迎朝日，十里潮声卷落沙。"

万平口景区以优美宜人的自然环境、湿润清新的空气、宽阔洁净的沙滩、清澈透明的海水和明媚灿烂的阳光著称于世，游客们在此可以进行海水浴、日光浴、沙滩浴、沙滩排球等运动，是最能体现日照"蓝天、碧海、金沙滩"特色的景区。2005、2006 年欧洲级、470 级世界帆船锦标赛和 2007 年全国首届水上运动会曾经在这里举行。

其实，万平口最早的功能定位不是旅游，而是海运，它的名字亦来源于此。

万平口景区内的潟湖，为亚洲第二大潟湖。潟湖与大海相通，是天然的避风港，历代都是商船停泊之地。据文字记载，元朝时期，这里是南来北往的商船停泊之地，那时南方江浙一带的大米要经粮船运往北方，中途经过石臼所万平口停靠，因这里风平浪静，是天然的避风港，因此每年有上万只船在此停泊，有"万艘船只平安抵达口岸"之意，因此取名万平口，同时也寓意万事平安，一生平安。

之后，海运逐渐衰落。万平口肚大口小、形状如瓶的地势，使得海潮成灾，周围的百姓深受其苦。根据档案资料记载："每当夏秋之交，海啸潮时常从港湾涨出，侵淹四周土地，被淹之土地当年全无收益，以后数年五谷不生""港湾两面的盐场也因海潮不能控制，夏秋潮水淹滩无法生产，四、五月潮位低时，又无水制卤""港东的村庄人们到港西去常因海潮阻拦，只得多绕道多跑路"。

为根治海潮之患，1959年10月，万平口所在的丝山公社发动全社社员在南部口门附近修建了一条长1150米、宽23.5米、高5.3米的拦潮大坝，在西边修建了一条长3000米、宽5米、高2米的边沿堤，并修建了可控制海水进出的闸门，从而使其"不再侵淹农田、盐场，不再阻碍交通，变成了可养殖利晒盐的鱼盐之川"。

自2010年起，连续十多年举办中国（日照）元旦迎日祈福大典。图为游客在日照万平口景区敲响新年祈福的钟声

老日照人仍然记得，30多年前，万平口周边全是渔船、养鱼池和一望无际的金黄沙滩。夏天扒蛤蜊，挖蟹子，捞鱼摸虾是非常方便的事儿。

1989年日照市升为地级市以后，日照市委、市政府依托日照境内"海、林、古、山"的资源优势，把发展旅游业列入议事日程，尤其加强了对"百里黄金海岸"沿海旅游资源的管理、开发和利用。作为日照市旅游资源龙头景点的万平口，先后经历了三次大规模的改造提升，由此，带来了万平口景区三次华丽转身。

第一次华丽转身：由海水浴场发展为综合海滨旅游风景区

1998年之前的万平口，是日照市的第二海水浴场，当时日照有大大小小8个海水浴场，都是由村里或者镇里自办，普遍存在服务设施差、服务质量差、卫生条件差等问题。而且项目单一，季节性强，日照亟待建立一个具有特色的大型综合海滨旅游区。

1998年，万平口海滨游乐场建设工程纳入日照市十大"市长工程"。建成之后的万平口景区由过去单一的季节性海水浴场逐步成为集海上游乐、餐饮服务、休闲度假等功能于一体的海滨旅游风景区，初步形成以鲁南海滨国家森林公园—万平口旅游区—灯塔旅游区为轴线的海滨旅游格局，成为日照海滨旅游的"新亮点"。

第二次华丽转身：由海滨旅游区发展为海滨生态公园

2002年，日照市委、市政府对万平口海滨旅游景区进行改造，确定了建设万平口生态广场的总体规划方案。

总体规划以满足游客海滨娱乐休闲需求为基础,突出生态、科技和海洋主题。总体布局以海曲东路和原沿海路为景观主、辅轴线,分别形成以生态和海洋为主题的标志性景观空间。其余场地则以绿化为主,注重物种多样性,形成整体生态背景,以灵活的方式穿插功能性小建筑,达到人与自然的和谐共存,力争把旅游区打造成山东的"北戴河"、中国的"夏威夷"。

随后的几年里,万平口景区的周边先后又修建了水上运动基地、世帆赛基地,连同之前的灯塔广场,一起构成了日照奥林匹克水上公园,充分体现了日照"蓝天、碧海、金沙滩"的生态优势和"山、海、城"浑然一体、人与自然和谐共处的城市特点。

第三次华丽转身:打造 5A 级高端精品景区

2016 年 2 月,在日照市全市旅游大会上,提出"旅游富市"战略,把旅游上升到前所未有的高度。日照市政府重新确定了万平口景区的改造范围,确定将太公一路南 300 米至万平口广场,碧海路以东区域,主要包括万平口景区、梦幻海滩景区,统称"万平口景区",并整体移交市城投集团进行整合提升封闭收费运营,目标是依据 5A 级景区标准,综合考虑吃、住、行、游、购、娱等旅游要素,打造集旅游观光、休闲娱乐、运动健身于一体的精品高端景区。

按照规划,万平口景区主要包括一个主广场、三个副广场、五个特色组团、五个主题区段。一个主广场即万平口广场,三个副广场即太公岛广场、扬帆广场、彩虹广场,五个特色组团即逐浪桥、婚庆公园、欢乐海岸、房车营地、松林绿洲,五个

万平口滨海风景区，距离日照市区最近、最能够体现日照"蓝天、碧海、金沙滩"特色的景区

主题区段即欢乐海滩、艺术休闲海滩、露营拓展海滩、中心综合海滩、健康休闲海滩。2016 年 6 月 1 日，改造升级版的万平口景区重新对游人开放。

目前，万平口景区内已新增 40 余项的游乐项目，并将不定期组织策划迎日出大典、非遗展示、沙雕节、日照特产展等参与性较高的主题活动，景区内还实现了无线网络全覆盖，成为日照首个智慧景区。通过这次升级改造，万平口景区将引领日照旅游从"看海"步入体验时代，日照滨海旅游的内涵特色也将进一步丰富和提高。

（二）钟灵毓秀

日照人杰地灵、名人辈出，钟灵毓秀，自古至今涌现出众多著名人物，在这些名人中，既有治国安邦的政治家，军事家，又有才华横溢的史学家，理论家。他们创造了璀璨辉煌的日照名人文化，在中国历史长河中留下了浓墨重彩的一笔。刘勰晚年归隐定林寺，《文心雕龙》由此名噪天下，并影响后世，莒县定林寺成为人们流连忘返的地方。苏京等人所书的"星河影动""撼雪喷云"等字，使海上碑影响致远，成为百姓的打卡地。三代著述《金瓶梅》，丁公石祠中留佳话。石亭之上话诗书，相林墓前石像生。本文试图以旅彰文，以文促旅，推进文旅融合更深、更实。

1. 千年古刹定林寺
刘勰归隐《文心雕龙》出

一个文学巨匠和一座寺庙连在一起，一定有一个不一样的故事。

先从故事的主角说起吧。他叫刘勰，字彦和，东莞莒人，一个有着帝王血统的穷苦人。不是传说，他真的是汉高祖刘邦的后人，祖上辈辈可考，其父亲刘尚曾任越骑校尉，但很早便去世了，家道中落，后又丧母。孤苦伶仃的孩童便只能避难于寺庙，好在名僧僧祐为师，自己也聪慧好学，在僧祐的授业下，整理了大量佛经，十年多时间里，研习了大量佛家和儒家经典，博通经纶，文墨生香，为后来的一举成名奠定了基础。

刘勰自幼受家族儒风的沁润，早在七岁那年，就梦到自己攀彩云，跟随孔子南游。三十岁那年，他再次梦到孔子。血气方刚的年纪，才华横溢再也按捺不住内心的抱负。那个时代"上品无寒士，下品无势族"，一个落败的寒门子弟出人头地是多么困难，一介文人的唯一出路就是立名。三十岁的刘勰，厚积薄发，青灯黄卷上下求索，暮鼓晨钟孜孜不倦，最终成书《文心雕龙》，他信心百倍。但书虽成，名还未成。

沈约为当时文坛领袖，且官居尚书令，权倾朝野。如果《文心雕龙》能够得到他的认可，名利双收便是自然之事了。两人地位的悬殊，不是想见就能见的。于是刘勰每天背着书简守在沈约上朝必经之路，但多次都被鸣锣开道的随从赶走，根本无法靠近，更不要说献书。也许是上天不负有心人，有一次当随从厉声呵斥刘勰时，沈约不由揭开轿帘望去，看到跪地手捧书简的这个青年，虽双膝跪地形态却刚毅，精神英气。于是叫人把书简拿了来带回家。沈约读罢，便是一惊，给出"体大思精，深得文理"的极高评价。刘勰和《文心雕龙》一时名噪天下。他也在沈约的举荐下入仕为官，从奉朝小吏做到步兵校尉、东宫通事舍人，常侍昭明太子左右，因太子好文学，于是刘勰备受器重。为官期间，刘勰心怀百姓，政有清绩。期间最终完成《文心雕龙》的修订，成为刘勰依身千古的不世之作。

刘勰的本身依然是文人，哪知宦海沉浮。中大通二年(531)，梁昭明太子萧统卒，刘勰受敕入定林寺撰经。6年后，撰经功成，刘勰也心冷了，于是上书请求辞官为僧，并燔发自誓，梁武帝允准并赐法号慧地。"羁鸟念旧林，池鱼思故渊"。在南朝都城受到冷落的刘勰晚年重归故里，在浮来山创建寺院，仍命名定林寺。晚年刘勰，看破尘俗，潜心修佛，直到圆寂，埋骨佛塔。清康熙七年（1668）大地震，佛塔亦毁，后人题诗哀念之："铁佛悯苦归地府，彦和碑碎遗荒坟。"一代文豪飘零一生终归土。

人去楼空境自闲。沿着浮来山东坡入山、顺道西上，道旁松柏密耸、清泉涧流，林间雀鸟杂啾，一刹间感觉时间慢了下来，一切繁杂散漫开了，脚步不需疲乏，转眼道旁便有一条石阶崎路，顺石阶仰望，一座古刹隐现于苍松翠柏之间。定林寺，因是刘勰创建、遁迹之地又名刘勰故居，是山东省重点文物保护单位。

定林寺始建于北魏时期，距今已有1500多年的历史，全寺南北长95米，东西宽52米，占地面积4940平方米。现有建筑大部分为明清重修，明代以前的面貌和规模已难确知。为前、中、后三进院落，以山门、大雄宝殿、校经楼、三教堂为中轴，东西两庑对称。布局依山势逐级而高，依次有山门、大雄宝殿、关帝祠、泰山行宫、菩萨殿、三爷殿、校经楼、禅堂、十王殿、三教堂等建筑，均为砖木结构硬山顶建筑。大雄宝殿，前院中心建筑，雄伟恢宏，画栋飞甍，丹楹刻桷，典型北方稳重宏伟的古建风格。大殿通高9.2米，进深、面阔各3间，殿内主要造像有释迦牟尼居中，左右为文殊和普贤，后为四大天王等16尊，造像宝相庄严，慈悲肃穆。殿前楹柱挂对联一副，上联：晨钟暮鼓惊醒尘世名利客；下联：经声佛号换回苦海梦中人。对联颇有苦海无边回头是岸的含意。校经楼，为玲珑古朴的二层小楼，砖木结构硬山式建筑，面阔10.60米，进深6.40米，历代相传为当年刘勰校经场所。现为刘勰生平陈列馆。

前院正中有一棵"天下银杏第一树"，高26.7米，周粗15.7米，树龄4000年，至今枝繁叶茂，绿荫如盖，堪称生物界的"活化石"。它因历经弥久，流传的故事也就多了起来。

"七搂八拃一媳妇"，相传在明朝嘉靖年间，莒县东一书生进京赶考，路过浮来山，途中遇雨，避雨于树下，听说这棵银杏树有八搂这么粗，就想亲自来搂搂试试，搂了七搂还没到起点。他正想搂第八搂的时候，被吓了一跳，树缝间躲着一位小媳妇。也是上山进香躲到树下避雨。由于树太大，所以两人都没发现对方。在封建社会讲究男女授受不亲，小生不好再搂树了，再搂就搂到小媳妇了。

书生有心让那小媳妇让一让，但不好意思开口，但又不想放弃自己的测量，于是就只好改为用手量，一拃，两拃，三拃……拃了八拃，正好到小媳妇身旁。可是小媳妇所占的位置怎么量呢？书生灵机一动，索性把她的体宽算作一个长度。于是银杏王的树围就成了"七搂八拃一媳妇"。

"怀中生子"，是银杏王的又一个趣闻。银杏树是裸子科乔木，以果实为种萌发新苗，传宗接代。1959年冬，定林寺管理人员从银杏王树上拔出一根枝条植于旁边土中，树枝很快发芽成活。更奇异的是，树王裸露的根缝间还长出3颗幼苗。4000年来，历经过无数次的自然和人为的灾难而顽强地存活下来。就说2013年，莒县遭受台风"达维"重创，浮来山周边很多大树被连根拔起，而银杏树王却毫发未伤，神态安然，真是奇迹。

《文心雕龙》共十卷，五十篇，是我国第一部文学理论著作。体系严密，且语言精妙，鲁迅认为它可以和亚里士多德的《诗学》相媲美，为世界文学史之重要里程碑。

刘勰已远，定林寺和《文心雕龙》却光辉益增。

2. 流风余韵柱史公祠

三代著述《金瓶梅》

丁公石祠位于日照市五莲县九仙山南麓的丁家楼子村东，建于万历三十六年 (1608)，系明代万历乙巳科进士、诰敕房中书舍人丁耀斗为颂扬其父丁惟宁的功德，以昭后世而兴建。1992 年 6 月，被山东省人民政府列为山东省文物保护单位。2000 年 5 月，被山东省建设厅、山东省文化厅列为山东省历史优秀建筑。

丁公石祠

丁惟宁是明朝嘉靖四十四年的进士，曾经做过清苑县令，后升任四川道监察御史，并奉旨巡查直隶各地。万历十四年，丁惟宁督饷陕西，授湖广郧襄兵备道副使。因遭诬陷，一年后托病辞官归里，隐居于九仙山，六十九岁辞世。丁惟宁有六子，以长子丁耀斗和五子丁耀亢负有才名，特别是丁耀亢，号紫阳道人，是《续金瓶梅》的作者。丁公石祠是丁惟宁长子丁耀斗遵从父意所建，丁家世居此地，就是现在的丁家楼子村。丁家楼子村人文历史深厚，自然风光秀美。宋代文豪苏轼任密州太守时，曾到该村游玩。村西崖峭巨石壁上的遒劲大字"第一山"，即为苏轼所题，至今犹在。

丁公石祠就坐落在村部的西侧。万历三十八年(1610)在石祠前建石坊，宽3.35米，高5.78米，黄白色长方形花岗石条构成。石坊前额镌"仰止坊"斗大正书，右署"赐进士中宪大夫湖广副使前巡按直隶监察御史丁公讳惟宁"，左署"万历三十八年孟冬吉旦男耀斗建"。背面镌有"山高水长"。石坊正面左、右正面左、右石柱丁惟宁题，丁耀斗书的楹联"一咏一觞百年之逸兴，勿伐勿剪绵千载之遐思"。史籍记载，丁惟宁居官期间，曾受理白莲狱株连案，使千余蒙冤者得以宽释，受到百姓的爱戴。后遭奸臣李林诬陷，"遂拂衣归"。后敕受文林郎、诰授中宪大夫。

整个祠堂坐北朝南，共用108块石头建成，有石祠三间，全部用花岗岩石料砌成。东西长9.1米，南北宽5.13米，高4.73米。正门门楣之上刻有"柱史丁公祠"五个大字。柱史，即御史别称，为丁惟宁生前所任官职。仰看石祠，为七檩两梁，重梁双柱，四棱抹角柱侧有雀替，雀替为装饰用，应为后世修补而添加。环顾石祠内外，除门窗外，建筑不用一草一木，一金一漆，均为石条而砌。

祠内正屋有一龛台，正中悬挂丁惟宁的画像及楹联一副，上联是"一部金瓶梅"，下联为"千古丁公祠"。北壁横刻"羲皇上人"四个字，据说是明朝书法家王穉登所书。东西两间墙壁上镶嵌9方小型大理石碑（现存明代碑刻8方，正中一方在战乱中被盗），为当时名士王化贞、徐升、唐文焕、吕一奏等题写，内容均是称颂或拜谒丁惟宁的诗文，大都作于万历四十

年 (1612) 左右。这些石碑应该是石祠建成以后嵌入的，有《柱史丁公石祠堂记》《九仙山丁宪副先生祠堂歌》《游览诸公留题》等，记载了丁公石祠修建的经过，丁惟宁的诗作，地方官员和文人游览石祠的题咏以及当地风土人情等，对研究明朝嘉靖至万历年间的历史有一定的参考价值。

据专家学者考证，石祠的主人丁惟宁，就是兰陵笑笑生，《金瓶梅》的作者。这一发现也引起了国内外学者的关注，造成了一时的轰动。一部金瓶梅，千古丁公祠。明代的全石建筑固然少见，但这样的规模和工艺水平，单凭建筑本身很难让其天下闻名。丁公石祠之所以名震寰宇，让无数文人墨客趋之若鹜，当成心中宝贵的圣地去朝拜，却是因为石祠纪念的丁公也就是丁惟宁的缘故。

丁公石祠为全石建筑，异常坚固。选料全部是用当地五莲山、九仙山一带坚硬的花岗岩，耐腐蚀、抗风化。经过 400 多年的风风雨雨，建成后 60 年，康熙七年，因为郯城大地震引发的九仙山地震，当地很多建筑都毁坏了，而这座石祠完好无损。

相传，丁惟宁在建祠堂之初，用什么料子建造，一直犹豫不决。因为丁惟宁亲眼见证了闻名全国的三座祠堂均遭毁坏：一座是铜的，耗铜无数，方才建成，却被贼人盯上，被土匪、盗贼拆毁，偷铜而去；另一座是铁的，却因为后人穷困，拆除祠堂卖了铁；还有一座是上好木头的，却因为发生火灾而被烧毁。丁惟宁一连几日决定不下来。有一次，他举目西望，但见村西的九仙山上，巨石满山，忽然顿悟：何不用石头建个祠堂？

石头祠堂不怕火、不怕水、贼人也不偷、后人也不会卖。于是就地取材，用石料修建了这三间祠堂。

东望五莲西九仙，鼎崎形成三不朽。有人用这诗，来称赞丁公石祠建筑精美，非常牢固，可传承千年，与五莲山、九仙山并存不朽。然而在近代石祠却差一点毁于一旦。当时，全国开始掀起声势浩大的"破四旧"，很多人认为这是"四旧"，理应拆除。准备拆除的人先从拆除石祠大门口的仰止坊（大门楼子）开始，可由于日已迟暮，没有携带必备的工具，拆不动，便商量着次日牵来牛和绳索，将其拉倒。一位社员心怀保护之心，夜晚偷偷地携带粉笔来此，在门楣处，歪歪扭扭地写上了"毛主席万岁"几个字。次日，拆除的人牵来牛，准备套上绳拆除，抬头一看，发现了上面的字迹，不禁打了个寒战，只好放弃。

高风与孝思，千载共山清。如今，每逢清明时节，方圆百里丁氏家族，扶老携幼，汇集石祠，祭奠先祖。白石堂初构，恍疑是玉堂，层峦舒望眼，曲涧引流觞。丁公石祠依山傍水，地势高阔，巍巍壮观，已成为五莲山旅游胜地的一大景点。

3. 海边礁石上的石刻

万里海疆第一碑

岚山海上碑位于日照市岚山区阿掖山海滨旅游度假区内，此处南临江苏省连云港市赣榆区，是山东江苏两省交界。海上碑以海边天然巨石为碑身凿琢而成，有明、清时期名人所书刻的四幅碑文，被誉为华夏"万里海疆第一碑"，也是中国唯一一块位于海边的古代摩崖石刻。海上碑始刻于清顺治乙酉年间，距今已有300多年的历史，立在碑石上，可远眺千帆竞发，海鸥翔集，盖一方奇观。

每当潮水涨起时，岚山海上碑就被海水淹没，潮水退去时，它就再一次浮现出来。在历史的长河中，一次次显露，又一次次地淹没于海水。由于石碑坐南朝北，面朝岸边，这样的设计可以减少海浪对碑文的冲刷，因此历经三百多年的沧桑，依然字迹如初。此设计可谓构思巧妙、匠心独具。二十世纪末，当地人在海中开采礁石作石料盖房，海上碑所处的礁石"幸免于难"，毫发未损地保留了下来，使我们今天还能够一睹古人遗迹。

海上碑上的碑文是由三位作者所写，一共为25个字，碑刻东西长4米、高4米，刻有题字皆为楷书。西部为横书，上有明末监察御史苏京所书的"星河影动""撼雪喷云"，下有清代安东卫守备阎毓秀所题的"难为水"；东部为竖书，为明末礼部尚书王铎所书，上有"万斛明珠"，下有"砥柱狂澜"。

岚山海上碑

书写"星河影动""撼雪喷云"两幅字的苏京是安东卫人，明代进士，官至监察御史。他大器晚成，到 42 岁时才考中举人。明王朝阶级矛盾激化之时，苏京被赐尚方宝剑监督陕西、总制军务，镇压李自成起义。后被俘关押，几经波折逃回安东卫。隐居期间，他书写了"撼雪喷云""星河影动"八个大字。"撼雪喷云"是苏京题刻的重点，位置居中、字也大。涨潮的时候巨浪滚滚而来，每一个撞在礁石上的巨浪，都会随着一声巨响，化为一堆雪雾冲天而起。同时，这四个字还隐含当时农民暴动，明朝灭亡的狂风暴雨的情景。"星河影动"描绘的是岚山的夜景。星河影动之时，正是每天潮涨潮落之间的平静期，这一平静期很短暂，很快就会被下一轮狂涛巨浪所代替。苏京在经历了山河易主、改朝换代的巨变之后，心中自有难言之隐。

"万斛明珠""砥柱狂澜"两幅则是由苏京的好友王铎所题写。王铎，河南孟津人，于明天启年中进士，先后担任过明清礼部尚书。其书法与董其昌齐名，有"南董北王"之称，作品有《拟山园帖》《琅华馆帖》《雪景竹石图》等。王铎和苏京是挚友。明亡后，他来拜访苏京。海上碑的题刻就是他那次来安东卫和苏京夜游海边时写下的。

王铎的"砥柱狂澜"，碑文字体雄健，刚柔相济，流露出复国无望的情结与事无可为的矛盾心绪，寓景中含情，那悲壮苍凉的意境，数百年后读来，仍令人怦然心动。左侧"万斛明珠"，描绘的是夏夜的海景，波浪受到礁石的阻挡，飞溅的海水似晶莹闪亮的夜明珠。当然也有说法是意指明王朝虽然绚烂，但已成为过眼烟云，表达了更多的是失落和惆怅。

时光荏苒，至清康熙十年 (1671)，安东卫守备阎毓秀多次来观赏海上碑，每次来时伫立良久，终无言而返。阎毓秀曾与人言道："此空白一碑，欲写无言，欲罢不舍。先前二公为文章泰斗，书法绝伦，无缘交往，抱恨终生。"最后终是决心一搏，挥笔留下苍凉一书"难为水"。此句出自《孟子·尽心》篇"观于海者难为水"一语。或引唐诗人元稹《离思五首 (其四)》"曾经沧海难为水，除却巫山不是云"一句。"难为水"此句意在，其一：为写实，睹此汪洋一片，再难为水；其二：暗喻苏王二人的碑文及已是此景的人间极品，无人敢与伦比。

这三位作者，除了阎毓秀外，王铎和苏京都是明清两朝赫赫有名的人物，也都贵为朝堂重臣。跟王铎和苏京相比，阎毓秀的名气最小，但是他却是康熙十年至十八年任职安东卫守备，安东卫也就是今天的日照岚山区，阎毓秀是海上碑所在地的最高军事长官。据史料记载，他在任时勤政敬业，口碑很好，深得人心。作为海上碑所在地的最高军政长官，阎毓秀面对两个大名人的亲笔题刻，自然是不能无动于衷。阎毓秀出生于明朝末年，想必他应该能明白王铎和苏京二朝为官的痛苦和屈辱，也理解国破家亡的时候作为一家之主选择的艰难和无奈。所以，阎毓秀写下了"难为水"这三个字，这三个字是整个岚山海上碑中最耐人寻味的。因此，阎毓秀的题字应该不是简单的附庸风雅，而是深思熟虑后的点睛之笔。

海上碑具有较高的学术研究价值和历史考古价值。一是其具有独特性，是我国北方千里海疆唯一的海上摩崖石刻；二是苏京、王铎均为明清时期著名书法家，其题字保留至今无疑具有较高的学术价值；三是对于研究明末清初动荡的历史背景，了解没落王朝的封建士大夫的价值追求、价值取向、人生志向都具有十分重要的意义。

在海上碑的正北面，就是海神庙，又名"龙王庙"，庙内供奉龙王神像，是渔民祭海祈福的场所。龙王庙始建于元代，明朝嘉靖年间重修，迄今已经有 600 年的历史，从海神庙东西两侧都可以通往海上碑。在海神庙门前有楹联，上联为："长长长长长长长"，下联是："朝朝朝朝朝朝朝"，妙文趣对，意味朴淳。对联中的读音为"长涨长涨长长涨""朝潮朝潮朝朝潮"。每年的农历六月十三，附近的渔民都会到海神庙举办日照境内最盛大的祭海节仪式，祈求平安幸福、渔业丰收。

4. 众河之源—石亭

"满腹诗书"老钟楼

河山石亭位于东港区日照街道后时家官庄村北河山山脉半山腰，河山风景区内。建于明代万历三十三年（1605 年）。2013 年10 月 10 日，被山东省人民政府公布为第四批省级文物保护单位。

河山石亭采用传统榫卯结构，结构为四柱，攒尖顶。三面有护栏，亭顶由四块挑角飞檐石板、四块

河山石亭

三角形石板组成，亭尖盖石形似莲花，造型古朴典雅。石亭四面额板题刻：东"望海"，南"观风"，西"瞻岱"，北"仰宸"。就其寓意而言，"望海""瞻岱"体现了对齐鲁地域海岱文化的自豪与崇敬情怀。"观风""仰宸"勾勒了古人志趣雅致，崇于自然的朴素自然观，再现了古人"象天法地"、融于天地的人文情怀。亭内南面围檐石壁上刻有明代山西泽州知州申其学（原籍日照）的题诗，北侧刻着同代万历年间日照知县李文星游历河山时的题诗《登河山》。该石亭造型古朴、风格典雅，是我省现存明代同类古建筑中罕见的，学术研究价值极高。

河山石亭又称为钟亭。亭内亭上原悬铁钟一只，所以河山石亭又有"钟楼"之称。关于钟楼，又有一个传说。传说在很早很早以前，河山一带人民为敬奉山神，就在山上修了山神庙、老母阁、寺庙，至今遗址尚存。寺里的和尚要念经，还要修一座钟楼。这钟楼全是用山上出的石条、石板筑起，大铁钟则需要化缘购买。担负化缘任务的和尚便逐户登门，当来到一个因天灾人祸穷得揭不开锅的户时，户主说："师傅也看见了，家里值钱的东西别没有，就还有个儿子，要是需要，就将孩子化去吧。"说者没有当真，听者没有留意，也就另去别门了。可当化缘完买回大钟挂到钟楼敲钟时，怎么敲也不响。有人说："钟不鸣，缺了铜。要找铜，到山东。"于是又到山以东收集了废铜加进去重铸，但还是不响。这时，化缘的和尚恍然大悟，这钟需要的是孩童的童啊！但有谁家舍得亲生骨肉，只有再到山东那个"愿"化孩子的人家。夫妻俩抱紧孩子哭作一团。那

日照市河山风景区《河山摩崖巨书》

刚刚学话的孩子也像懂事了似的，大声哭喊着，我不走，我不走！但最后还是被活活抢走，双方在争夺时还扒掉一只鞋。用这性命换来的钟声清脆无比，方圆百里都能听见，但声声凄惨，如泣如诉，催人泪下，当地人听了难以忍受，因此这钟挂了不多久，便被废弃。

据了解，河山石亭经历了数百年的风雨沧桑，尤其经历了清康熙七年(1668)山东莒县8.5级特大地震，仍然屹立在巨石之上。河山石亭算不上声名远扬，其貌也不够惊人，但"亭不可貌相"，是我省罕见的保存下来的同年代同类古建筑，为明代古建筑的研究提供了重要资料，具有十分重要的科学考古价值。

河山石亭建成400年来，由于自然风化、年久失修和二十世纪以来几次运动的人为破坏，已经成为危建建筑。

215

5. 船员的生命航标

石臼灯塔

石臼灯塔有新旧两座，老灯塔又叫石臼海口成章灯塔，始建于民国二十一年（1932）10月，完工于民国二十二年（1933）3月，是日照航海史上最宝贵的近现代代表性建筑。

二十世纪三十年代，各地土匪猖獗，石臼所一天曾遭遇十余次土匪骚扰，以致于民不聊生。民国二十一年（1932）秋，惯匪刘黑七率一千余匪徒，由莒南坪上向东抢掠，扬言欲攻打石臼所。消息传来，时任石臼所商会会长贺仁庵，召集商会会员共商对策。众人认为以石臼所现有力量难以抵御强匪，不如请求青岛市长沈鸿烈出兵相助。于是，贺仁庵专程去青岛找到沈鸿烈，以求解燃眉之急。沈鸿烈欣然同意出兵，并派军舰前往驱走土匪。

为感谢沈鸿烈的恩德，贺仁庵带银去兑现许诺，沈鸿烈坚辞不受。于是，有人提议用这笔钱建灯塔，再建一座纪念碑。此议一出，众皆赞成，遂于民国二十一年（1932）10月，于石臼龙王庙东南隅石场子开工，工程历时近半年，一座五层高的灯塔建成。因沈鸿烈的字是"成章"，故该塔命名为"成章灯塔"，并在灯塔底层正南处，立起一通沈公纪念碑。灯塔设计图系英国人绘制，碑文由翰林庄陔兰撰写，并选当地的能工巧匠镌刻。该碑通高3米，镶边向外凸出30厘米，镶边顶端三块石块呈券拱形，两边石块分三层弯曲向下，碑上端是半圆形青色花岗石碑额，自右至左刻写"沈公纪念之碑"。碑身系当地的花岗岩石，碑文已残缺，尚能看清的字迹："东北海军司令兼青岛特别市市长沈公纪念之碑……中华民国二十二年三月……日照商会……"等200字，可惜此碑被毁于二十世纪六七十年代。

老灯塔位于日照港务局一公司食堂东侧，为第五批省级文物保护单位。灯塔面积约100平方米，自1933年3月启用，至二十世纪九十年代停止使用。塔身为花岗岩石结构，错峰拔高，呈八角形，原有五层，塔高16.6米。第五层为　望室，木墙玻璃门窗，上有八角塔帽式木板房，今已拆除，现尚存四层，高13.7米。灯塔平时用火把或嘎斯灯引航，塔内楼梯呈逆时针旋转，底层入塔之门朝西，塔内为圆柱体，有逆时针旋转向上的石砌水泥抹面楼梯，楼层间隔为木质结构，每层靠近楼梯的三面，各开一方窗，最上层有小木门，躬身才可上到平台。

灯塔外墙用页岩垒砌，每层比下一层侧面少10至15厘米，每层页岩数比下层递减，即底层22，二层20，三层15，四层13。另外，颜色亦有变化，底层涂白色，二层涂黑色，三层涂白色，四层涂黑色，五层　望台涂白。周边设有围栏，栏上有圆鼓形外罩，内有强发光器，夜间按时间歇发光，射程达13海里。

纪念碑与灯塔落成典礼时，曾计划邀请沈鸿烈出席。沈鸿烈因公务太忙，特派秘书徐冠群参加仪式。"成章灯塔"落成以来，石臼渔商船只凡夜间出航收口，全都凭此塔导航进出。对于过往的船只，也全凭此灯光确定方位，校正航行方向。

日照灯塔

　　石臼新灯塔又叫日照灯塔，位于日照黄海一路石臼立交桥以东万平口处，于1985年5月开工建设，同年9月竣工。1992年，正式改名为日照灯塔。灯塔建筑面积197.07平方米，为钢筋水泥结构，系进口白色大理石贴面，塔身高度36.2米，灯高39.9米，为进出日照港的船舶提供识别和助航服务，射程为18海里，灯塔同时设置AIS基站（船舶自动识别系统）。

　　在灯塔的底层，有我国灯塔的图片展示，透过玻璃的外墙，也能够清晰可见。塔顶的灯笼非常密封，灯塔的灯器、备用灯器以及自动换泡机皆具有先进的科技水平。

参考文献

[1] 〔清〕杨士雄、丁岂、李暶纂：《日照县志》，清康熙十二年（1673）刻本。

[2] 白寿彝总主编：《中国通史》（第二版），上海人民出版社、江西教育出版社 1994 年版。

[3] 段连民、许家强主编：《日照地名故事》，线装书局 2019 年 3 月版。

[4] 段连民、许家强主编：《日照地名记忆》，线装书局 2019 年 3 月版。

[5] 该书编辑组：《山东抗日根据地历史资料丛书：滨海抗日根据地回忆史料》，中共党史出版社 2018 年版。

[6] 翦伯赞主编：《中国史纲要》，北京大学出版社 2006年版。

[7] 莒县地方史志办公室重印，张同旭校注：《校注本清雍正莒州志》，中国古籍文物出版社 2014 年版。

[8] 李守民主编：《日照人文与自然遗产丛书》，山东人民出版社 2019 年版。

[9] 日照市地方史志办公室整理，李世恩主编，潘友林点注：清光绪《日照县志》（点注本），中国文史出版社 2015 年版。

[10] 日照市岚山区史志办公室据清康熙十二年版《安东卫志》校订整理：《安东卫志》（校订本），2009 年版。

[11] 日照市史志编纂委员会编：《日照市志》，齐鲁书社 1994 年版。

[12] 肖梅主编：《遗韵采撷·日照寻访录》，太白文艺出版社 2021 年版。

[13] 赵嘉兵、胡善义主编：《凝固的日照史·日照文化遗产寻访》，中国文史出版社 2012 年版。

[14] 郑玉霞主编：《遗韵采撷》，山东大学出版社 2008 年版。

[15] 中共日照市委党史研究室著：《中国共产党山东省日照市历史·第一卷（1921—1949）》，中共党史出版社 2017 年版。

[16] 中共山东省委党史研究室著：《中国共产党山东历史》（第一卷、第二卷），山东人民出版社 2018 年版。

[10] 中共中央党史和文献研究院著：《中国共产党的一百年》，中共党史出版社 2022 年版。

后　记

　　《丛书》（下编）的编纂，是在中共山东省委宣传部直接领导下完成的。省委常委、宣传部部长白玉刚同志统筹策划部署，并担任编委会主任，多次主持召开编委会会议，提出明确目标要求和指导意见。省委宣传部分管日常工作的副部长、省文明办主任、省新闻办主任袭艳春同志对本书的立项出版、风格设计等方面提出了许多宝贵意见。在魏长民、毕司东、程守田、张同海、冷兴邦等同志的大力指导支持下，以教育部人文社科重点研究基地山东师范大学齐鲁文化研究院为学术挂靠单位，组建了《丛书》编纂学术委员会，具体负责编纂学术指导、质量把关、终审定稿工作。山东师范大学特聘资深教授王志民任主任，山东大学儒学高等研究院教授杨朝明、中共山东省委党史研究院原一级巡视员韩延明、鲁东大学原副校长刘焕阳、山东齐鲁师范学院原副院长刘德增任副主任。

　　《丛书》（下编）为每市一卷共16卷，都列为山东省社科规划一般项目。在省委宣传部统一领导下，各市委宣传部负责本市卷的具体组织编纂工作。《丛书》编纂学术委员会制定了统一的《编撰体例》《编撰指导意见》；在主任全面负责下，分为4个片区，各由一名副主任作为首席专家具体指导，杨朝明教授：淄博、泰安、济宁、枣庄；韩延明教授：潍坊、临沂、日照、菏泽；刘焕阳教授：青岛、威海、烟台、东营；刘德增教授：济南、聊城、德州、滨州。各市委宣传部认真落实省委宣传部、编纂学术委员会的部署，大力支持编纂工作，组织有关部门与专家对提纲设计、样稿研讨、通稿定稿等关键环节，反复研讨、审议；各片区进行了多次研讨交流，相互借鉴，取长补短；各卷主编和全体编纂人员团结合作、齐心协力，付出了艰辛劳动。山东文艺出版社提前介入，对编纂工作和撰稿体例等提出了许多宝贵意见。在此，我们谨向为《丛书》编纂付出心血的各位领导、专家、作者和所有相关同志们表示诚挚感谢！

本册编纂，得到首席专家韩延明教授悉心指导，中共日照市委常委、统战部部长孟青同志，分管日常工作的副部长、文明办主任王军卫同志给予多方关心支持；本市尹德满、邱立玲、王希、赵志超等同志提出诸多意见和建议。主编刘红军研究馆员全面负责本册的编纂工作。具体撰稿分工如下：陈泓嘉负责第一、第二部分的撰写；苏立新、张金亮负责第三部分的撰写；程红、朱晓伟负责第四、第五部分的撰写。各景区景点以及那蓝摄影学校，摄影家（按姓氏笔画排序）刘江红、房秋玲、贺培玉、黄维宝拍摄的经典照片，为本册提高了品位和档次，在此谨表诚挚谢意。

由于学识水平与编纂时间所限，不足之处在所难免，敬请专家和读者批评指正。

编者

2023 年 8 月